夢の果て

安房直子　十七の物語

瑞雲舎

目次

装丁装画・味戸ケイコ

安房直子　十七の物語

ほたる

今、駅にあかりがともったところでした。

山の駅のあかりは、熟れた柿の色で、少し離れてながめると、ふと泣きたくなるようななつかしさがありました。駅には、長い貨物列車が、眠ったように止まったまま、もう一時間も動きません。

線路に沿った黒い柵《さく》にもたれて、さっきから一郎は、その貨車の列を見ていました。あの閉ざされた黒い箱の中には、一体何がつめこまれているのかしらん。もしかして、あそこには、思いがけなくまぶしいいいものが入っているのかもしれない……ほら、あの時の箱みたいに……

一郎は、この間、村の演芸会で見た手品の箱の事を思いうかべました。手品の箱は、はじめ、からっぽでした。それなのに、次にあけられた時には、みごとな花ふぶきがまい上がって、客席にまでこぼれて来たのでした。

「すごいね兄ちゃん、まほうだね」

あの時、妹のかや子は、一郎のうでにつかまって、かん高い声をあげました。

「ちえっ。まほうなもんかい。しかけがあるんだよ」

一郎は、おとなっぽく横をむいてみせました。けれど、かや子は、もう手品に夢中でした。

「あんな箱、ほしい！」

大きな目を、うっとりと見ひらいて、かや子は、つぶやいたのでした。

あの時とおんなじ目をして、かや子は、きのう東京へ行ったのです。ま新しい白い服を着せられて、夕方ののぼり列車に乗って、東京のおばさんの家へ、もらわれて行ったのでした。

「兄ちゃん、さいなら」

改札口のところで、かや子は、小さい手をひらひらとふりました。まるで、となりの町へ遊びに行く時みたいにはしゃいで見えましたが、さいならの言葉には、さみしいひびきがありました。

「かや、元気でくらすんだよ……」

お母さんは、かや子の帽子をなおしてやりました。村の人達も、かや子に、やさしい別れの言葉をかけました。が、一郎は、ぼっとつっ立ったまま、妹の白い服のうしろで結ばれた大きなりぼんを見ていたのでした。

蝶むすびの白いりぼんは、だんだん遠ざかって、客車の中にすいこまれたのです。それから列車は、ごとんとゆれて、すべるように駅を離れて行ったのでした……

今、一郎は、線路の黒い柵にもたれて、長い貨物列車が、きのうの客車と同じように、ゆるゆると駅をはなれて行くのを見送りました。

今ごろになって、一郎は、泣きたくなりました。たったひとりの妹が、遠くへ行ってしまって、もう帰って来ないという事を、一晩寝ておきて、又ゆうぐれが来てから、やっとほんとの事だと思えるようになったのでした。

いつも、この時間に一郎は、かや子とふたりで、お母さんの帰りを待ちました。五つのかや子は、しじゅう、おなかをすかせて泣きました。それまでだいていた人形も、ぬいぐるみも、ほうり出して泣きました。毎日毎日、妹のおもりばかりでやりきれないと、幾度一郎は思ったことでしょうか……けれど、かや子のいない夕暮は、もっとやりきれなかったのです。ひぐれの、ほら穴のような家の中で、ひとりひざをかかえて、つくねんとすわっているのは、こんなにも不気味でさびしい事だったでしょうか……ああ、今ごろかや子は、目がくらむほどまぶしい町で、おいしいものを食べたり、美しいおもちゃで遊んでいるのでしょう。

急に、とほうもなく、胸が痛いほど悲しくなって、一郎は、涙ぐみました。

長い貨物列車が、やっと駅を離れたあと、そのむこうの、誰もいないホームには、暮れ残りの西日が、とろりと流れていました。ホームに植えられたカンナの花は、まだかすかに燃えていました。

と、そのホームのまん中に、一郎は、ふしぎなものを見たのです。

それは、荷物でした。

誰かが置き忘れた、びっくりするほど大きな白いトランク。それはたぶん上等の品物なのでしょう。かっちりとしていて、銀色の金具が、星のように輝いて見えました。

「誰の荷物だろ」

一郎は、ぼそっとつぶやきました。あんな大きなトランクを持ち運びできる人は、とびきり体格のいい男にちがいありません。けれど、ホームには、それらしい人かげなど全く無いのでした。まるで、さっきの貨物列車から、ぽいとホームに下ろされたよ

うに、トランクは、無造作に置かれて眠っていました。

一郎は、目をしばしばさせました。

するとこの時、トランクの上に、これまで全く目に入らなかった思いがけないものが見えて来たのです。

トランクの上には、白い服を着た小さな女の子が、ちょこんとこしかけていました。まるで、大きな木に止まった小鳥のように。それとも、一輪のつぼみの花のように。

女の子は、両足をぶらりとふりながら、誰かを待っているように見えました。

一郎は、ふと、かや子に出会ったような気がしました。そういえば、あの女の子の髪のかんじは、どこかしらかや子ににていたのです。両足をぶらぶらふるしぐさも、よそゆきを着ると、ちょっとすましこむしぐさも、かや子を思わせました。一郎は、小さいかや子と過ごした日々の、甘ずっぱい思い出を、心の中にそっと広げてみました。かや子が、かたことで歌った歌を、口ずさんでみました。お菓子をにぎる小さな白い手の事を考えました。あの手は、蝶のようにすばしっこく、そして、わがままでした……

それにしても、あの女の子は、いったい誰を待っているのでしょうか。もう長いこと、ホームには人かげがありません。それどころか、新しい列車が入って来るようすもありません。

小さい女の子は、忘れられた人形のように、トランクの上にじっとすわり続けているのです。

一郎は思いました。もしかして、あれ、すて子じゃないだろうかと。

くらしに困った母親が、荷物といっしょに……いやいや、母親に、あの大きなトランクは、とても持てそうもない……とすると、子供をもてあました父親が、おきざりにしたのかもしれない。ひょっとして、トランクの中には、女の子の着がえやお菓子やおもちゃが、よろしくお願いしますと書かれた紙きれといっしょにつめこまれていて、姿を消した父親は、もう決して決してもどって来ないのじゃないだろうか……

そうです。よく新聞で見る話です。けれども、こんな山の駅では、まあめったにおきそうもない事件です。

あたりは、とっぷりと暮れて、駅の灯《ひ》は、ますますあかるんで見えました。

一郎は、何だかふしぎな劇場のふしぎな舞台をながめているような気がして来ました。オレンジ色のスポットライトをあびて、あの女の子は、これから歌でも歌うのかもしれません。

そう思った時、女の子は、トランクから、ふわりと、とび下りました。そして、す早く、トランクをあけたのでした……

トランクは、パクリとふたつに割れて、中からとび出したものは――ああ、それは、なんと、花ふぶき！

演芸会の手品よりも、もっとなぞめいた、そして、もっと美しい……そう、その花ふぶきは、暗い空に舞い上ると、たちまち星のように光り輝いたのでした。

ほたるだったのです。

トランクに、ぎっしりいっぱいの、ほたるの群だったのです。

ほたるの群は、駅から線路をこえて、ちらちらとまたたきながら、一郎の方へとんで来るのでした。たちまち、一郎の胸は、躍りました。両手をひろげて、

「ほー、ほー、ほたる」

と、歌ってみました。

ほたるのあかりは、にじんで、ぼおっと大きくなり、そのひとつひとつの中に、かや子の姿がうかびました。笑っているかや子、歌っているかや子、眠っているかや子、おこっているかや子、そして、泣いているかや子……

たくさんのかや子は、ゆらゆらゆれながらだんだん遠ざかって、東京の方へと流れて行くのでした。

やがて、それは、遠い町の灯ににて来ました。あれは、かや子が住んでいる町、ネオンが

またたいて、高速道路のある町、地面の下まで明かるい町――。

「おーい!」

思わず、一郎は、かけだしました。あそこに行けば、かや子に会える、かや子に会える…

…そう思って走りました。

けれど、どんなにいっしょうけんめい走っても、青い光の群に追いつく事は、できませんでした。

ほたる達は、上へ上へとのぼって行き、いつか一郎は、満天の星空の下を、ひたすら走り続けていたのでした。

夢の果て

アイシャドウという、あの青い化粧品は、女の人の顔を、とても神秘的に見せますけれど、あれをつけすぎて、青い夢の海におぼれてしまった娘がいるのですよ。

特に気をつけてほしいのは、「ドリーム」という製造元のアイシャドウです。ほら、銀色のうすい小さい箱に入っている、そう、あれなのです。

一体どこに、ドリームの本社や工場や販売店があるのか、これはもう、誰にもわかりません。それなのに、ドリームのアイシャドウは、どうやらだいぶよく出まわっているらしいのです。それは、「奥さま、ドリームの化粧品でございます」と、よびりんをおしてやって来る、ほそい足のセールス嬢によってひろめられました。そのセールス嬢は、宣伝のためにも、アイシャドウをたっぷりつけてやって来ますから、そのすてきなまぶたにすっかり魅せられて、ほとんどの女の人は、どうしても一箱買わないわけにはいかなくなってしまうのでした。

さて、あるところに、とても美しい目をした娘がいました。彼女は、やっと十三でしたが、その大きな目にじっと見つめられると、誰もが、あんまりまぶしくて、思わず目を伏せてしまうのでした。そのくせ、どうしてももう一回その顔を見ずにはいられなくて、又おずおずと目を上げてしまうのです。

「あんたは、いい目をしてるねえ」

夢の果て

おとなは、かならずそう言いました。娘はそのたびに、自分の目は、誰が見ても美しいのだという事をはっきり知るようになり、その事が、この子を高慢にしました。彼女は、自分の将来について、もうこんなふうに考えるようになっていたのです。

(あたしの目が、きっとあたしの運命をひらいてくれるわ。ほかの人が、けんめいにがんばって、やっと手に入れる幸福も、あたしの場合は、にっこり笑いさえすれば、それで、ころりところがりこんで来るわ)

娘は、ひまさえあれば鏡をのぞきこみ、自分で自分の目に見とれていたのです。

ところが、ある日の事、彼女は、電車の中でこれまで見た事もないほどすてきな目の人に出あいました。

その人のまぶたは、青かったのです。

そのために、目の上に、ふしぎなかげが出来て、その人を、古い絵の中のなぞめいた肖像のように見せていました。

若い女の人でした。ほそい足をして、右手に、大きな白いトランクを持っていました。混んだ電車の中で、その女の人と娘は、むかいあって立っていました。娘は、まばたきもせずに、女の人の青いまぶたに見とれていました。すると、その人は、にっこり笑ったのです。

そして、やさしい声で、こう言いました。

「おじょうさん、いかがでしょう。ドリーム化粧品のアイシャドウ」

「……」

「ね、今買っておいて、も少しおとなになってからおつかいになるといいわ」

十三の娘は、本を買うお金でアイシャドウを買いました。それを、こっそりとポケットにしのばせて家へ帰りました。

けれど、娘はおとなになる日を待つ事ができませんでした。自分の目をどうしても、あのふしぎな化粧品で飾ってみたくてたまりませんでした。そこで夜、誰もいないへやでこっそりと、あれをまぶたの上にぼかしてみたのです。すると、娘の顔は、にじんだ青い花のように見えて来ました。

この日から、娘は、鏡のとりこになりました。くる日もくる日も、あれをまぶたにぬって、自分の目に見とれるのが、彼女のよろこびになりました。青いアイシャドウは、彼女を、スポットライトをあびた芝居のヒロインに見せたり、どこか遠い国の妖精に見せたりしました。彼女は、このすばらしい目が、これからつかむ様々の幸運を空想して、ひとり胸をおどらせました。

ところがやがて、娘は、もっとふしぎな事に気づきはじめたのです。アイシャドウをつけたまま眠ると、毎晩、かならず同じ夢を見るのでした。それは、いちめんの青い花畑でした。どうやらアイリスの花らしいのです。それが、風にゆれて波うって、まるで、海のように見える中を、はだしで走って行く夢なのでした。

娘の足は、ほとんど地についていませんでした。彼女は、両手をひろげて、わーっとばかりに風を切り、花畑の終る所まで行こうとするのですが、走っても走っても、アイリスの花は青くゆれ続けていました。次の晩に娘は、前の日の夢の続きを走り、その又次の晩には、又続きを走りました。時々立ち止まって、おーいと呼んでみました。その青い花の果てに、誰かがいるような気がしたのです。そう、自分の美しい目を見てくれるはずのすてきな人が……なぜなら青い地平線のあたりから、時々、ふしぎな音がひびいて来るのでしたから。

こうしていつか、娘は、アイシャドウを、おしゃれのためではなく、夢をみるために使うようになりました。その夢の果てで、誰かに出あうために、毎夜毎夜、アイシャドウをつけて眠りました。

こうして、何日も何ヶ月も過ぎたある晩、娘はやっと、アイリスの花畑の終るのを見たのでした。

夢の果て

そこは、がけでした。そして、そのむこうには、アイリスよりももっと青い海が、果てしなくうねっていたのです。

がけっぷちに、人がひとり、すっくりと立っていました。背の高い若者が、むこうむきに。その人は、一体何をしているのでしょう。空をあおいでいるようにも、海にむかってさけんでいるようにも見えました。

（あのひとだわ）

娘は、ドキンとして立ち止まりました。

（あのひとに会うために、あたし、きょうまで走っていたんだ。毎日毎日、いっしょけんめい走っていたんだ）

娘は、もううれしくてうれしくて、胸があつくなりました。

と、この時、はっと目がさめたのです。

まぶしく陽のもれるへやで、娘は、おちて行った夢のあとをかみしめていました。

（いいわ。今夜又続きをみるわ。今夜こそ必ずあのひとに会えるわ）

銀色の小箱が、娘のまくらもとに涼しく光っていました。娘はそれをそっとてのひらにのせて、ふたをあけました。

ところが、どうでしょう。中身のアイシャドウは、もうすっかり終っていたのです。いつのまにか、娘は、あれを一箱使い切ってしまっていたのでした。

これで、美しい夢は、おしまいでした。花畑も海も少年も、すっかり何もかも終りでした。けれど、娘は、この時もうあきらめる事ができませんでした。夢のとりこになっていましたから。どうにかしてもう一箱、新しいアイシャドウを手に入れたいと思いました。

（どこで売っているんだろう……）

幾日も考えこんだあと、娘は、ある日、あの銀色の小箱を、ひょいと裏返してみました。すると、そこには、小さな文字が彫られていたのです。

ドリーム化粧品株式会社

そう書かれた字の横に、もっと小さく、会社のところ書きが、彫られていました。娘は胸をおどらせ、目をまんまるにして、それを日の光にかざして読むと、地図をひろげました。するとああ、たしかにあったのです。ずいぶんいなかでしたが……

日曜日に、娘は、ピアノのおけいこだかバレエのおけいこだかにでかけるふりをして家を出ました。そして、電車に乗り、バスに乗って、ドリーム化粧品のある郊外の小さな町につきました。

バスをおりて、黒々とほりかえされた畑の道を、しばらく歩いて行くうちに、娘は、あたりが、なんだかなつかしい風景に変わって行くのに気づきました。それはちょうど、額縁の中の、見おぼえのある風景画の中へ入って行くような感じでした。畑の終ったそのあたりから、青い花畑が続いていたのです。みわたすかぎり、アイリスの……

（夢の中とおんなじだわ）

娘は、思わずかけ出しました。フレアースカートが、風にひろがりました。その風に押されながら、青い花をかきわけかきわけ、花が終るまで走ったのです。

すると……青い花の果ては、やっぱりがけになっていて、あの日の若者が、ぽつんと立っていました。

むこうむきで、空をあおいでいました。

いいえ、若者は、トランペットを吹いていたのです。はなやかなラッパの音が、海の上にきらきらと散りこぼれていました。

娘は、その音にひきずられるように走りました。そして、やっとやっと、がけっぷちにたどりついて、若者と、手をとりあったその時、アイリスの上を渡って来た風は、たちまち青い疾風に変わり、ふたりを、がけから払い落としました。

夢の果て

若者と少女は、手を取りあったまま、まるで二枚の紙人形のように、大きな海の中にのまれて消えました。

声の森

声の森という、ふしぎな森がありました。

そこには、生きものは、何ひとつなく、古いかしわの木々が、うっそうと生い茂っているばかりでした。かしわの木々は、みんな、「ひとまねの木」でした。

たとえば、こうなのです。

カッコウが一羽、この森の中に迷いこんだとします。その不気味な暗さと静けさにおびえて、カッコウは思わず、「クックー」と、小声で鳴きます。

すると、たちまち、風がざわざわとわきおこって、森じゅうのかしわの葉が、カッコウのまねをするのでした。

クックー、クックー、クックー、クックー……

まるでもう、森全体が、カッコウの巣にでもなったように、木の葉の一枚一枚は、ゆれながら歌い続けました。カッコウはびっくりして、しばらくじーっと息をひそめます。それからもう一度、「ククク」と、鳴いてみます。すると、かしわの葉は、又、ゆれながら口まねをするのでした。
ク、ク、ク、クククク……
その声は、不気味なふくみ笑いとなって森の奥へ奥へと伝わって行き、やがて、遠い風の

声の森

音と一緒に消えて行きます。カッコウは、ぶるっと身ぶるいして、最後に、思い切り大きな声をあげます。

「クックー!」

するとたちまちわきおこる声の渦が、カッコウを、恐怖の底にたたき落とします。カッコウは、いきなりぱーっととび上がると、森の中を、もうめちゃくちゃにとびまわり、おしまいには、疲れ果てて、ぱたりと地面に落ちてしまうのでした。

森は、それっきり、しいんと静まりかえり、次のえものを、じっと待つのです。

おそろしい、声の森でした。

この森に迷いこんだ動物は、数えきれません。どの動物も、ちょうど、鏡の部屋に入れられた人が、いくつもの自分の影におびえるように、自分で自分の声のこだまにおどろいて、森の中を、さんざんかけめぐったすえ、力つきて、たおれてしまうのでした。

ときには、人間もいました。えものを追って、この森に迷いこんだ猟師とか、霧の中で道をまちがえた木こりとか。

そういう人達はみんな、木の中にすいこまれて、森の養分になってしまうのでした。

さて、この森から、そう遠くない所に、一軒の開拓農家があって、そこに小さな女の子がいました。

女の子は、まるで、花のつぼみのようでしたから、村の人々から、つぼみちゃんと、よばれていました。

毎朝、お父さんとお母さんが、畑を耕しにでかけたあと、つぼみちゃんは、ひとりで、にわとりの番をしました。この子は、わらのほつれた麦わら帽子をかぶり、お母さんのお古のエプロンをかけていました。そのポケットに両手をつっこんで、つぼみちゃんは、

「とーと、と、と、と」

と、にわとりを呼びました。この声を聞くと、にわとり達は、えさをもらいに、女の子のまわりに、どっと集まって来るのでした。

ところが、この中にたった一羽だけ、とてもわがままなおんどりがいました。このおんどりは、体も大きく目もするどく、その上、とびきり立派な赤いとさかを持っていましたから、小さいつぼみちゃんの事を、少しばかにしていたのです。

その日、おんどりは、つぼみちゃんが、いくら呼んでも、そっぽを向いていました。赤いとさかをピンと立て、目は遠い森を、じっと見つめていました。

風にザワザワとゆれている、あの黒い大きな森が、何だか自分を呼んでいるような気がしてならなかったのです。おんどりにとって、それは、つぼみちゃんのかわいい呼び声や、少しばかりのえさなんかより、はるかに魅力がありました。波立つあの木々のそよぎの中に、とほうもない夢と冒険がひそんでいるような気がしてならなかったのです。

おんどりは、白い毛を、ぶるっとさか立て、いきなり、ケーッとけたたましい声をあげました。それから、なんと、空にとび上がったのです。ひくくするどく、まるで、白いまりのように。

「うああ！」

つぼみちゃんは、仰天しました。

うちのおんどりが、にげてくわ。空をとんで、にげてくわ！

つぼみちゃんは、両手を広げて、あとを追いました。

おんどりは、白い羽を散らしながら、まるで、気でも狂ったように、声の森の方へとび続けます。つぼみちゃんは、いちもくさんに、そのあとを追いかけます。

「まってー、まってー」

女の子の帽子はとばされ、大きなエプロンは、風にびろびろと鳴りました。

こうして、たちまちのうちに、おんどりとつぼみちゃんは、あの声の森に入りこんでしまったのです。

声の森は、ひんやりとして、うす暗いのでした。鳥の声もしなければ、せせらぎの音も聞こえません。

けれど、おんどりが一声、コッコーと、鳴いたとたん、木の葉という木の葉は、待ちかまえていたように、同じ声をあげました。

コッコー、コッコー、コッコー、コッコー……

これを聞いておんどりは、すっかり興奮して、しっぽをふりたて、森の奥へ奥へと走りこんで行きました。が、この時、りこうなつぼみちゃんには、よくわかりました。

(あれは、誰かが、うちのおんどりの口まねをしたんだわ。いつか、母ちゃんが言っていたわ。黒い森には、まものがどっさりいるんだって。あたいは、絶対に声を出さない事にしよう……)

そこで、つぼみちゃんは、口をぎゅっと結んで、ただひたひたと、にわとりのあとを追って行きました。おんどりが一声鳴くと、森はゆれながら、その声をまねました。目をつぶれば、木という木に、どっさりのにわとりが止まっていると思われるほどでした。つぼみちゃんは、そのたびに、両手で耳をふさぎました。

コッコー、コッコー、コッコー……

やがて、ゆうぐれ。

つぼみちゃんは、暗い森の小道に、ぱたりとたおれているにわとりに、やっと追いつきました。おんどりは、鳴きつかれ、走りつかれて、目を白黒させているのでした。

(やっと、つかまえたわ)

つぼみちゃんは、しゃがんで、おんどりを抱きました。すると、おんどりは又、とさかをふりたてて、にげようとします。そこで、つぼみちゃんは、おんどりの背中をさすりながら、とても小さな声で、「眠れ眠れにわとりちゃん」を、歌いました。それは、つぼみちゃんのお母さんがつくった、にわとりの子守歌なのでした。夜になって、つぼみちゃんが、小屋の前でこの歌を歌うと、それまでさわがしかったにわとり達は、まるで魔法にでもかけられたように、静かに眠るのでした。

「眠れ眠れにわとりちゃん
　お日さま森に沈んだし

かぼちゃの花も、眠ったの
くわとシャベルは納屋の中
井戸ではつるべが夢みてる
眠れ眠れにわとりちゃん」

つぼみちゃんは、森に聞かれないように、にわとりの頭に口をつけて、とてもとても小さな声で歌ったのでした。

けれども、耳ざとい声の森でした。

かしわの木々は、たちまちのうちに、ざわざわゆれて、つぼみちゃんの歌をまねはじめました。

「眠れ眠れにわとりちゃん
お日さま森に沈んだし
かぼちゃの花も眠ったの……」

ところで、この歌には、とてもいいふしがついていましたから、森の歌声は、いつの間にか、すばらしい輪唱になりました。

その上、つぼみちゃんのまねをして歌っているうちに、かしわの木々は、すっかりいい気分になり、とろんと眠くなって来たのです。そこで、木の葉の輪唱は、だんだんゆっくりになり、やがて、こんなふうになりました。

「くーわとシャベルは……納屋の中……

井戸ではつるべが……つるべが……つるべが……ゆめみてる……

眠れ眠れ……眠れ眠れ……」

（おやあ）

つぼみちゃんは、耳をすましました。

森の歌声は、だんだん小さく切れ切れになり、やがて、ふっと消えてしまったのです。そのあとは、つぼみちゃんが、いくら大きな声をあげても、コソリとも音をたてません。

つぼみちゃんは、おんどりを抱いて立ち上がりました。それから、真っ暗な森の中で、声をかぎりにさけんだのです。

「かあちゃーん」と。

すると、どうでしょう。木の葉のすきまから、月の光が、きらきらと、こぼれて来ました。たちまち、かしわの葉はみんな、銀色に光りました。そして、眠りながら、ちりちりと、やさしくゆれました。

声の森に、こんなにもあかあかと月の光がさしこんだのは、はじめての事でした。月の光は、つぼみちゃんの帰り道を、明るく照らしました。

曲がりくねった、長い一本道でした。

夜の明ける頃、つぼみちゃんは、おんどりを抱いて、家にもどりました。家ではお母さんが、あたたかいミルクを用意して待っていました。

声の森に入って、生きて帰れたのは、この女の子とにわとりが、はじめてなのです。

秋の風鈴

おたくの風鈴がうるさくて夜ねむれません。あたし達は、もう長い間寝不足なのです。夏のあいだは、がまんしていました。でも、もうそろそろとりこんでくださったらいかがでしょう。

ある日、こんなはがきが、僕のへやに届いたのでした。ブルーのインクの、ほそい字で書かれていて、さし出し人の名前はありません。

僕は、びっくりしてしまいました。

（風鈴がうるさいって？）

これまで、考えてもみなかった事でした。僕が毎日良い気持で聞いている、というより、もうすっかり耳になじんで、あれ無しでは一日も過ごせないような気のする軒の風鈴の音が、うるさいと言って来たのです。あの音が気になって夜も眠れずにいる人がいるというのです……

（一体、誰だ）

一瞬、僕は息をひそめ、耳をそばだて、全身で、となり近所の人々の顔を思いうかべました。

かえで荘という、古いアパートの一階に、僕は住んでいました。ひとりぐらしの、びんぼうな絵かきでした。ステレオも、テレビも持っていない僕の、たったひとつのよろこびが、あのガラスの風鈴なのだと言ったら、わらわれるでしょうか。けれども、それは、うそでも、おおげさでもないのです。あれは、大切な思い出の品なのですから。

あれを、窓のところにかけておきさえすれば、僕は、しあわせでした。静かな心で、仕事に集中する事ができました。そして、（気のせいかもしれませんが）あれを軒にぶら下げた、この夏のはじめごろから、僕は急に良い絵がかけるようになり、世間からも、少しは認められるようになって来たのです。いってみれば、あれは、とても縁起の良い風鈴なのです。それを、とりこめだなんて……僕は、うらめしい気持になって、はがきをしばらくじっとみつめていました。それから、

（はーん、となりだろうか）

と、思ったのです。そのほそい、神経質な文字は、となりのへやの、青白い女の人を思わせました。そういえば、きのう廊下で出会った時、あの人は、ふきげんな顔をしていましたっけ。

（なるほど。風鈴の事で、ずっとおこってたのかもしれないな）

僕は、何だか少しすまない様な気がして来ました。が、次の瞬間、僕は又別の事を思い出して、きっと顔を上げました。

（だけど、となりのピアノの音、あれは何だ。朝っぱらから同じ曲ばかり、ポンポンかきならして。あれをやめないで、人の風鈴に文句つけるなんて、もってのほかだ）

僕は、もう一度ゆっくりと、はがきを読みなおしました。すると、

『あたし達は、もう長い間寝不足なのです』という文章にぶつかりました。主語は、複数でした。

「それじゃあ、となりじゃないぞ。となりは、ひとり暮らしだからな」

ふっと、僕は、気味が悪くなりました。顔のわからない幾人もの人達が、スクラムを組んで、じっと僕を見張っている様な、そんな気がして来たのです。今、僕がこうして、はがきを片手に、風鈴をとりこむべきかどうか考えこんでいるようすまで、その人達は、見ている

んじゃないだろうか……

（むかいかもしれない）

と、僕は思いました。むかいのアパートの太った奥さん。時々、けたたましい声で笑うあの人――。けれど、あの奥さんなら、こんなはがきなど書かずに、文句があれば、じかにどなりこんで来そうなものです。

（とすると、二階かな。それとも、管理人だろうか。管理人が、誰かにたのまれて、こんなはがき、書いたんだろうか……）

あれこれ考えているうちに、僕は、すっかりくたびれてしまいました。そして、だんだん、はらがたって来たのです。

「文句があるなら、堂々と自分の名前を書いてよこせばいいんだ。こんなひきょうなはがきで、あれをしまうわけにはいかないぞ」

僕は、風鈴を見つめました。僕の大切なガラスの風鈴は、秋風にちりちりと鳴っていました。

目をつぶると、それは、星のきらめく音に思われました。星たちは、きらきらと光りながら、ふりこぼれて来るのです。あとからあとから、まるで、小さな銀の花びらの様に……やがて、その音は、少女の笑い声に変わって行きました。ガラス玉のはじけるような、さわやかな笑い声――。

女の子というのは、どうしていつでも、あんなにたわいなく楽しそうに笑えるのかと、僕はふしぎに思った事がありました。

(ひょっとして、胸の中に、ひとつずつ鈴をかくしているのかもしれないいな。それで、風が吹いても、笑うのかもしれないいな)

この風鈴を、僕にくれた少女は、十二でした。うす桃色の服の良くにあう、ひょろんと背の高い子でした。いっしょに歩くと、あとからあとからおしゃべりをする娘でした。僕は黙って、小鳥のさえずりでも聞く様に、そのおしゃべりに耳をかたむけていればいいのでした。

ところが、そのおしゃべりが、ぴたりと止まって、急に少女が、かけ出した事があったのです。

「うわあっ大変!」

少女の帽子が、風にとんだのでした。

ほそいリボンのついた麦わら帽子は、風にきりきり舞いながら、春の野原を、とばされて行きました。少女と僕は、まるで、にげて行く鳥を追うように、そのあとを追いかけました。走って走って、へとへとになるまで走り続けて、やっと帽子をつかまえた時、少女は、野原

にぺたりとすわりこんで、シロホンの様に笑いましたっけ。

それからというもの、少女は、風が吹くと、この時の事を思い出して笑うのでした。

「あの時は、おもしろかったねえ」

「ああ、おもしろかったねえ」

僕も思わず、つられて笑うのです。

山の村で過ごしたそのひと月、僕のスケッチブックには、様々な野の花の絵といっしょに、少女のあどけない顔が、いくつも笑っています。

別れる時に、少女は、小さいガラスの風鈴を、僕にくれました。

「これ、夏になったら、窓にかけてね。あたしの思い出にね」

そんなおしゃまな事を言って、少女は又、ころころと笑いました。

その笑い声を、そのままポケットに入れて、僕は、列車に乗った様な気がします。

アパートの窓に、僕が風鈴をかけたのは、夏のはじめでした。

たちまち風鈴は、僕にあの子の笑い声を思い出させ、山の満天の星空や、谷川のきらめきや、咲きこぼれる雪やなぎの花を思いださせました。寝ころがって、目をつぶって、しばらくその音に聞き入っていると、ふいと、すばらしい絵の構図がうかんで来て、がばりと起き上った事が、幾度もありました。

こうして僕は、すっかりこの風鈴が気に入って、とうとう秋になるまで、ぶら下げっぱなしにしておいたのでした。

いいえ、それどころか、あのはがきを受け取ったあとも、僕は、なかば意地になって、知らん顔を続けていました。

ところが、それから十日ほどして、きもがつぶれるようなでき事がおきたのです。

僕のへやの小さな郵便箱が、とつぜん、郵便物の重みで、どさりと落ちてしまったのです。おどろいて、ドアの所へ行ってみると、もうほとんど小包に近いほどのはがきの束が、郵便箱といっしょに、床《ゆか》にころげていました。

(い、いったい何事だ……)

僕はあきれて、しばらくぽかんとつっ立っていました。それから、はがきの束をひろい上げて、パラパラめくってみると、なんと、一枚のこらずが、僕の風鈴に対する抗議文なのでした。文面は、いつかのとほとんど同じでした。そして、一枚残らずが、やはり匿名《とくめい》なのでした。

「おどろいたなあ……」

僕は、その場にすわりこんでしまいました。

（いよいよ、となり近所が結束したんだ。よっぽど怒ってるんだ……）

僕の知らない所で、奥さん方の会議が開かれたのにちがいありません。怒りにもえた顔をよせあって、ひそひそと、何時間も、話し合いが続いたのかもしれません。そして最後に、みんな一枚ずつはがきを持ちよって、これを書いたのにちがいありません。

けれども、と、僕は又考えました。

（それにしては、筆跡があんまり良くにてるじゃないか）

そうです。はがきの字は、どれもこれも、草のつるの様な、ほそいペン字なのでした。じっと見ていると、それらは植物の葉を思い出させました。たとえば、エニシダとか、アスパラガスとか、いや、もっと繊細なしだ類。

（それじゃ、これは、ひとりの人間が書いたのかもしれない。植物みたいな字を書く女の人が、幾日もかかって、これだけ書き上げたのかもしれない）

そう思いついた時、僕はやっと、風鈴をしまう気になりました。ひとりで、これだけたくさんのはがき代と、時間と労力をむだにするほど、僕の風鈴にめいわくしている人がいるのだとしたら、これはやはり、こちらが素直にひきさがるべきかもしれないと。

「よし。残念だけど、こっちの負けだ」

秋の風鈴

僕は、いさぎよく軒の風鈴を下ろしました。

こうして、僕の大切な山の思い出は、ハンカチにくるまれて、机のひきだしに眠る事になりました。

それから、何事もなく、一週間が過ぎて行きました。僕が風鈴をしまったからといって、誰もお礼を言いに来てくれるわけでもなく、新しいはがきも、届きはしませんでした。そして、あの風鈴の聞こえない日々は、僕にとって、水の底にでも沈んでいる様なむなしさを感じさせました。

風が吹いても、笑わない少女。

あの子がうつむいて、さびしい顔つきで、どこか遠くへ行ってしまう夢を、僕は幾度も見ました。今まで、とても調子良くはかどっていた仕事が、ちっとも進まなくなり、何だか食欲までなくなって来た様な気がします。

(むこうは楽になったかもしれないが、こっちはこんなにつらい思いをしなけりゃならないんだ)

僕は、内心あのはがきの主をうらみました。風鈴がなくなったおかげで、毎晩高いびきで眠っている人達。すっかり太って、血色も良くなった人達の、勝ちほこった笑い声が聞こえて来るような気がしました。

ところがある朝、何もかもが、すっかりわかったのです。

それは、十月のすばらしい秋晴れの日でした。雨戸を一枚あけたとたん、僕は思わずあっと目を見張ったのです。

僕の窓の前の、雑草の生い茂っていた小さな空地に、うす桃色の花々が、どっと咲きそろっていたのでしたから。

全部、コスモスでした。まるで、奇跡のように一晩で開いた、なよやかな花の群でした。

僕が風鈴をしまったちょうど一週間後の朝に！　ほんとうならば、もっと早く、秋のはじめに咲くはずの花が、今ごろになって一斉に開いたのです。僕は、しばらくの間ぼうぜんとしていましたがやがて、

「そうだったのか」

と、つぶやきました。

(そうだったのか。風鈴のおかげで、夜ゆっくり眠れなくて養分がとれなくて、それで今まで花を開く事ができなかったのか)

僕は、ひとりで、幾度もうなづきました。

「あの手紙は、君達がくれたのか。そうか、わるかったな……」

コスモスの花は、どこかしら山の少女ににていました。うす桃色で、ひょろりと背が高くて、風が吹くたびに、ゆらゆらと笑うのでした。

僕の心の中は、いつかほうっとあたたまって来て、思わず涙がこぼれそうになりました。花が手紙を書くなんて、そんなばかな事あるもんかと、笑う友達がいます。あれはやはり、誰か近所の人が書いたのに決まっていると、彼は言いました。

「そうだろうか……」

ちょっととぼけて笑いながら、僕はやっぱり、あれは花達の抗議文だと思いたいのです。なぜって、あのはがきの文字は、見れば見るほど、コスモスの葉ににているからです。その上、あの朝咲いた花の数は、僕の所に届いたはがきの数とほとんど同じだけあったからです。

カーネーションの声

「カーネーションは、きらいな花です。まるで、紙でできているみたいにカサカサしていて、においもなくみずみずしさもなく、色あせる事も散る事もなく、一度飾ったら、いやになるほど長もちするのですから。そして、最後には、小さくちぎれるようにしぼんで、それでも花びらが散るなどという事は、決してないのです。いろんな花の中で、一番きらいなのがカーネーションです」

ある歌い手が、ある雑誌に、こんな事を書いていました。

なるほど、そういわれてみると、カーネーションは、あまり表情のない花で、花束にすると、色の美しさで、ぱっと目立つけれど、ただそれだけの花という気がします。

ところが、ある時、このカーネーションの声を聞いて、私はびっくりしました。花に声があるなんて、おかしな話だとお思いでしょうか。花ほど静かなものはないと、誰もが頭から信じているのでしょうけれど、花だっておしゃべりもするし歌も歌うし笑いもするのです。

私の祖父が、七十いくつで亡くなった時、残していったものは、庭の一画にある十坪ほどの温室でした。その中には、様々の花や鉢植えの観葉植物なんかが、ぎっしりと育っていましたが、祖父が亡くなってからというもの、それらの植物は、まるで親を失った子供たちのように、しおれてゆきました。植物の世話をする人が、誰もいなくなってしまったからです。家族はみんな忙しすぎました。花を見る事は好きでも、こまめに世話をしようという人は、誰もいなかったのです。そのうちに、誰が言い出したか、温室をこわして、そのあとにアパートをこしらえようという事になりました。

「うん。その方が、ずうっと実利的だよ。これからうちは何かと金がかかるんだから」

そんなふうに賛成したのは、ひとつちがいの弟でした。私は、心の中で、何だかおじいちゃんにわるいなと思いましたが、日に日に荒れていく温室を見ていると、あんなふうに花をほったらかしておく事の方が、かえってわるいのだという気がして来ました。

温室をとりこわす前に、私達は、中の鉢植えや球根を、みんな取り出して、ほしいものはもらい、たくさんあるものは、となり近所にわけました。

「カーネーションは、どうしましょうか」

母が、困ったように言いました。

「うちのは、貧弱でねえ」

祖父のこしらえたカーネーションは、丈ばかり高くて花がとても小さかったのです。花屋で売っているのの半分ほどの赤い花が、まるで、がまん強いやせっぽちの娘たちのように、いつまでたっても咲き続けていました。

「もったいないけど、すてましょうか」

母がそう言うと、みんなは、黙って賛成しました。私もこの時、カーネーションをきらいだといった歌手の文章を思い出して、なるほどあの花は、なんて殺風景なんだろうかと思ったのでした。

こうして、五十本ほどのカーネーションが、根こそぎにされて、庭のすみにすてられました。すてられても、赤い花はまだ咲き続けていました。そのかわいた赤を、私はこの時はじめて、ふしぎに美しいと思いました。

「カーネーションって、すてられても、ちっともみじめに見えない花なのねえ。ばらやチューリップだったら、とてもいたいたしくて見ていられないのに、この花は、すてられても、けなげなほど明るいのねえ」

私は、そうつぶやきました。

とりこわされた温室のあとにアパートの建築がはじまったのは、それから、二ヶ月ほどあとでした。

アパートは、小さな流しとレンジのついた独身サラリーマン用で、一階と二階あわせて八

カーネーションの声

部屋あるのです。小さく仕切られた八つの部屋の窓に、新しいガラスがはいりました。春のひざしが、どの部屋にもいっぱいにさしこんで、南向きのアパートは、あたたかそうでした。

「なんだか、また温室ができたみたいだわねえ。これで、花のようなお嬢さんが八人入って来てくれたら、にぎやかでしょうに」

母は、そんな事を言いました。ところが、できあがったアパートに入った八人は、なんと、全部が全部男性でした。まるで、会社の独身寮みたいに、すぐ近くに、大きな印刷会社がありましたので、みんな、そこの社員だったのです。ほんの半年ほどのあいだに、温室はアパートに変わり、温室の中の花々が、八人の男の人達に変わってしまった事を、天国の祖父は、きっと苦笑しながら見ていた事でしょう。

ところがある日のこと、アパートの部屋代を払いに来た、松本さんという人が、こんな事を言いました。

「ぼく、おどろいちゃいました。こないだの日曜日に、部屋で寝ころがっていたら、何だかふしぎな声が聞こえて来たんです」

「どこから？」

「どこからって……　それが、わからないんです。まるで、空中から歌が生まれて来るみたいな感じに、目をつぶると、響いて来るんです。ほら、よくあるでしょ？　海に行って砂浜にねころがって目をつぶると、波の音にまじって、歌声が聞こえるように思えること。あれと、よくにてるんです」

「ほんと？　そんな事って、あるのかしら」

「ええ、ほんとです。若い娘さんのかわいい声が、そう、たしか、おじいさん、どこおって、幾度も呼ぶんです。それから、こんなコーラスが聞こえるんです。

カーネーションよ

カーネーションよ

あたしらみんな、カーネーションよって。

ぼく、夢でもみたのかと思ったら、となりの部屋の山下君も聞いたっていうし、二階の吉川君は、きのうかぜで会社休んでいて、やっぱり聞いたっていうんです」

「……」

私は、考えました。ひょっとしたらそれはあの時すてられたカーネーションの声じゃないだろうかと。五十本のカーネーションは、温室を出て行く時に、声だけを残して行ったのではないだろうかと。

以前、おじいさんが、こんな事を言いましたっけ。

——こうして世話をしてやると、花はよろこんで、おしゃべりもするし、歌も歌ってくれるよ。わたしはこのごろ、花の声を、だいぶ聞きわけられるようになった。ばらなんかは種類によって、みんな声がちがう。スイトピーの声は、かぼそくて全身耳にしなければ聞こえないが、これもなかなか澄んだ良い声をしている。思いがけなくひくい声を出すのが、蘭でねえ。あれは、セロの音ににているねえ。笑い声のかわいいのはすみれで、鈴みたいな声でおしゃべりばかりしているのが、シクラメンだ。

こんな話を私は、何だかばかげていると思いながら聞いていたのでした。が、今になってやっと、わかって来たのです。

あんなに小さな花しかつけない貧弱なカーネーションを、おじいさんが、死ぬまぎわまで大事にしていたのは、ひょっとして、その声が、とびきり良かったからではないだろうかと。どの花よりも、すばらしい声をしていたからではないだろうかと。そうです。おじいさんのカーネーションは、そのへんの歌い手なんかにはかなわないほど良い声をしていたのにちがいありません。あの文を書いた歌い手が、その後声をだめにして引退した話を、私は知っていました。

カーネーションの声

（そうだわ。あの人、カーネーションの花びらでも、せんじて飲めばよかったんだわ）

私はそんなふうに思いました。

「あたしもその歌聞きたいわ。今度ちょっと、お部屋に行っていいかしら。」

私は、松本さんにたのみました。


次の日曜日に、私は、松本さんの部屋へ遊びに行きました。松本さんは、インスタントコーヒーを入れて、お菓子のかわりに、板チョコ一枚受皿に置くと、

「なんにもありませんけど、どうぞ」

と、言いました。日曜日のコーヒーのかおりが、小さなへやに満ちあふれ、私はふと、温室の中でコーヒーをのんでいた祖父の事を思い出しました。

私はそっと目をつぶってみました。

すると……ああ、本当に聞こえて来たのです。美しい女性コーラスでした。声の高さはアルトでした。

カーネーションよ

カーネーションよ
あたしらみんなカーネーションよ
野原いっぱいカーネーションよ
みわたすかぎりカーネーションよ
カーネーションよ
カーネーションよ
あたしらみんなカーネーションよ

…………

その歌はどこまで行っても終わらずに、まるで大きな輪のように、くりかえしくりかえし続くのでした。じっと聞いていると、まぶたのうらに、あざやかな赤い花のむれがうかびました。カーネーションは、まっすぐに空を見上げて、風にゆれていました。

この時から、カーネーションは、私の大好きな花になりました。

でも、残念なことに日がたつにつれてカーネーションの歌声は、だんだん遠く小さく聞こえるようになり、春の終わる頃には、まるで海の潮がひくように、消えてしまいました。

ひぐれのひまわり

ひまわりは、ひぐれに夢をみるのです。

「どこに行くの？　そんなに急いで」
ある日の夢の中で、ひまわりは、さけびました。
目の前を、ひとりの少年が、走って行くところでした。
「どこに行くのよ。ねえ……」
けれど、少年は、ふりむきもせずに、
川ぞいの道を、走りすぎて行くのです。
少年のうしろ姿が、どんどん小さくなり、
遠い橋を渡って、灯のともりはじめた町の方へ消えて行くのを、
ひまわりは、じっと見ていました。
少年には、花の声が聞こえないらしいのです。
花の言葉も通じないらしいのです。
それなのにひまわりは、もう幾日も同じ夢をみて、
同じ言葉を、少年にかけていたのでした。

そして、そのたびに、ああ、人間になれたらいいのにと思っていたのでした。

あるゆうぐれ。
夢の中で、ひまわりは、ひとりの生きた娘になりました。
はなやかな黄色の服を着て、つばの広い帽子をかぶって、
お化粧は少しもしていないのに、肌はつややかに輝き、
唇は燃え、目もとは、ほのかに青いのでした。
ことことと鳴る胸をおさえて、
ひまわりの娘は、川のほとりにじっと立っていました。
まだかすかに赤い西の空に、
ちいさな鳥の群が、点々と、とびたって行きました。
川の水は、ゆうぐれの色をたたえて、ゆっくりと流れていました。
遠い橋の上を走る車が、ひとつぶひとつぶ、はっきりと見えました。
そして、そのあたりからはじまるビルの群には、
もうぽつぽつと、あかりがともりはじめているのでした。

ひまわりの娘は、思いました。
ああ、あたしも、あそこへ行けたらいいのに、と。
あの人といっしょに、土堤の道をかけて行って、
橋を渡って、あの町まで行けたらいいのに――。
けれども、花は、夢の中でも、決して自由に動く事はできなかったのです。
土堤のひとところにつっ立ったまま、娘は、じっと耳をすましました。
すると、かっきり六時に（この時刻に、かならず、
一番高いビルの鐘が鳴るのでした）うしろから、たったったったっと、
走る音がひびいて来て、その音が、だんだん近づいて来ました。
（来るわ、来るわ）
娘は、おそろしくなって、思わず目をつぶって息をつめて、
少年が、目の前を通りすぎる一瞬、やっと、かすれた声をあげたのです。
「どこに行くの？　そんなに急いで」
少年は、ぴたりと止まりました。
娘は、おそるおそる目をあけました。

ひぐれのひまわり

まぶしい白いシャツが、目の前に輝いていました。

青ざめた顔を、少年は、まっすぐ自分の方へむけて、

「どこって……」

と、けげんそうに、口ごもっているのでした。

「聞こえたのね！」

娘は、おどりあがりました。

「あたしの声が、聞こえたのね！」

ひまわりの娘は、明かるく笑いました。

たちまち、彼女の心に、真昼の歓喜が、よみがえって来たのです。

輝く夏の陽を、全身にあびて笑い続ける黄色い花の、
かわいた明かるさが、この娘の全身にみなぎりました。

「ねえ、教えてよ。いつでも、そんなに急いで、どこに行くの」

するとと少年は、ひくい声で、早口に答えました。

「ひとに会いに」

「ひとって、だれ？」

「おどりこ」

「それ、あなたの好きな人？」

「そう。あそこの町の劇場で、毎晩黄色い服着て踊っている人さ」

「黄色い服？　あたしみたいに？」

「そう。ぼくは、その人のファンなんだ。

でも、お金がなくて、劇場には入れないから、劇場の裏口で待っていて、
その人が、楽屋に入るところを、ちらっと見るんだ。

ちらっとひと目見るだけなんだよ」

そう言い残すと、少年は、かけ出しました。

ひまわりの娘が、あっけにとられているあいだに、
少年の姿は、もう小さくなっていました。

（むなさわぎがするわ）

と、ひまわりの娘は、思いました。

（あの人、どこかおかしいわ）

そうです。まるで、うわごとでも言っているようなあの口もと……

そして、自分に話しかけながら、遠い遠いところを見ていたあの目……
（あの人、死ぬみたいな気がする。
それとも、何か、おそろしい事するみたいな気がする……）
そんな事を、ひまわりの娘は、思ったのでした。
うすむらさきに暮れた川に、町の灯が、うつって、ゆれていました。
あたしも、おどりこになれたらいいと、ひまわりは思いました。
黄色いスカートをひろげて踊る自分の姿を、
娘は、うっとりと目にうかべました。
けれども、踊っているその足もとから、
太陽よりも、もっと赤い炎が、めらめら這いのぼって来て、
スカートを、燃やすのです。
払っても払っても這いのぼって来る炎が、
娘の空想を、おそろしいものに変えました。

たつ、たつ、たつ、たつ……

ひぐれのひまわり

土堤を走る足音が又聞こえて来たのは、
それからどれほどあとだったでしょうか。
(ああ、あの人がもどって来る)
娘は、ぼんやりと、そう思いました。
足音が、たかくなるにつれて、
少年の白いシャツが、はっきりと見えて来ました。
そして、少年の荒い息づかいが伝わって来ました。
(でも、どうしてだろう。どうしてあの人、帰りまで走るんだろう)
橋のあたりで、サイレンが鳴っていると、思った時です。
ひまわりの娘は、少年が、自分にどんとぶつかったのを感じました。
「助けて。助けて、助けて」
少年は、ひくくするどく、そうさけびました。
どうしたの、いったい…… そんなふうに、娘は、たずねたでしょうか。
それとも、何も言えずに、つっ立っていたのだったでしょうか。
「追いかけられてるんだ!」

少年は、そうさけびました。
その目は、おびえたように、大きく見ひらかれていました。
とっさに、娘は、答えたのです。しっかりした声で、
「かくれなさい。あすこにボートが一そう止まっているから、あの中に」と。
土堤のすぐ下に、
のりすてられたボートがうかんでいるのを、娘は知っていました。
ペンキのはげた、古い小舟でした。
たまに、カモメがはねを休めるだけの、くさりかけたボートでした。
うなずいて土堤をおりて行く少年のうしろ姿にむかって、娘は、言いました。
「シャツはぬぐのよ。
それから、ボートの中に、ぺったり、うつぶせになっているのよ」
この時、ひまわりの娘は、少年の姉か母のような気持になっていました。
あの人を、命がけで守ってあげよう……
そう思って祈るようにうつむいた時、
娘は、自分の足もとに、ナイフを見たのです。

それが、血に染まっているように思えたのは、気のせいだったでしょうか。
娘は、かがんで、す早くナイフをひろうと、
スカートのポケットにかくしました。
がやがやと人声がして、赤い懐中電灯をちらつかせながら、
おおぜいの人が近づいて来たのは、それからどれほどあとだったでしょうか。
「白いシャツの男が通りませんでしたか」
と、ひとりがたずねました。
「少し前に、劇場のおどりこが、刺されたんですよ。楽屋の入口で。
きちがいじみたファンのしわざです」
「あっち」
いきなり、娘は、川上の方を、まっすぐゆびさしました。
「あっちへ行ったわ。この土堤の道を、走って行ったわ。
どんどん走って行ったわ」
おちついて、はっきりとそう言い終えたあと、娘の心に、
言いようのないよろこびが、ゆっくりとわきあがって来ました。

人々が、自分のゆびさした方へ走って行くのを見届けたあと、
娘は、むじゃきに言いました。
「ねえ、もういいのよ。もうだいじょうぶよ」
と、まるで、かくれんぼをしている子供のように。
けれどこの時、あのボートの中に、もう少年の姿はありませんでした。
からっぽのボートは、草かげで、かすかにゆれていました。
ひまわりの娘は、
ほのかな水あかりの中にいつまでも立ちつくしていました。

このできごとが、ひぐれの夢の中の事なのか、本当の事なのか、それとも
夢と現実のまじりあったものなのか、ひまわりには、わかりません。
わからないままに、ひまわりはその夏をすごし、
夏のおわりに、小さくしおれて枯れました。

青い貝

むかし、私が持っていた、ふしぎなフレアースカートの話をいたしましょう。

が、残念な事に、今私の手もとに、あのスカートは、ありません。私があのスカートに夢中になり、なかば気がふれたようになりました時、まわりの者が気づかって、こっそりとかくしてしまったのです。そして、そのあといくらもたたぬうちに、あのスカートは、戦災で燃えてしまったのです。

それでも私は、あのスカートの目のさめるような青い色を忘れた事はありません。今でも、こうして目をつぶりますと、あの色が、はっきりとうかんでまいります。

あれは、絹でできていました。ぜいたくなほど、すそ幅の広いフレアースカートで、あの頃には、珍しい品物でした。それを私は、戦時中の、みんながモンペをはいていました時代に、しゃらしゃらとはいて歩いたのでしたから、どんなにか人目をひき、かげ口をきかれました事か。

ところで私は、決しておしゃれな娘ではありませんでした。子供の頃から、着るものといったら、姉のおさがりばかり。器量も十人並みなら、頭もまあふつう、性格もおとなしい方で、どことい って変わりばえのしない平凡な娘でした。そんな私が、はなやかな青のスカートに夢中になりましたのには、こんなわけがあったのです。

青い貝

十二、三の頃、私の友達に、ミチルさんという、たいへんきれいな娘がいました。お父さんが外国人、お母さんが日本人でしたから、ミチルさんの目は、アイリスの花のような青でした。ミチルさんは、私の家のすぐそばの古い洋館に、お母さんとふたりでくらしていました。だれもミチルさんのお父さんを見た人は、いません。ミチルさんのお父さんは、イタリアの貿易商だとか、アメリカの船乗りだとか、いや、ドイツの軍人だとか、私は、様々のうわさを聞いていました。

「あたしのお父さん、今船に乗っているわ。太平洋のまん中にいるわ」

ミチルさんは、お父さんの事を、よくそんなふうに話しました。それから、こんなふうにも。

「ゆうべおそく、お父さんが帰って来たのよ。ほら、こんなおみやげ持って」

ぱっとひろげたミチルさんの手の中から、小さな貝をつないだ首かざりがこぼれました。

私は、ミチルさんのお父さんを、一目見たいと思いました。が、ミチルさんは、決して私を自分の家へよびませんでした。私だけではありません。うっそうと生い茂った植木の奥にあるその家の中をのぞいた者は、誰もありませんでした。

それでも、私たちは、よくいっしょに遊びました。千代紙を買いに行ったり、箱いっぱいに集めたリボンを見せあったり、それから、読んだ本の話をしたりして。

私は、ミチルさんが、好きでした。私のような平凡な娘にとって、いっしょに歩けば、誰もがふりかえる美しい友達をもっている事は、ひそかなほこりでもありました。

ところが、ある日のこと。

あれは、春だったでしょうか、夏のはじめだったでしょうか。生垣の青葉が、重苦しいほどに生い茂ったけだるい昼下がり。

「うらにミチルさんが来てるよ」

と、母に言われて、私は、家の裏木戸に出てみました。すると、お昼ごろ別れたばかりのミチルさんが、新しい麻のワンピースを着て、じっと立っていました。ミチルさんは、私の顔を見ると、いきなり
「八重ちゃん、ぜったい内緒よ」

と、ささやきました。それから声をひそめて
「あたし、お別れに来たの」

と、言うのです。私があっけにとられていますと、ミチルさんは、

「今夜ね、引越しするの」と、言いました。

「ええ？　どこへ？　どこへ行くの？」

「海の町。お母さんのくに。でも、誰にも内緒よ」

そう言いながら、ミチルさんは、小さな紙づつみを私にくれました。

「これ、おかたみに、あげるわ」

かたみなんていう言葉は、死んだ人の時に使うものじゃないかと、あの時私は思ったのです。そう思いながら、何か言おうとした時、もうミチルさんは、にげるように帰って行きました。カラカラと下駄の音をひびかせてかけて行ったミチルさんの白い足が、今も思いうかびます。

その時、ミチルさんが私にくれたのが、青いフレアースカートでした。

翌日、私は、ミチルさんの家の前まで行ってみました。

すると、そのあたりには、異様な人だかりがしていました。人々は、顔を見あわせて、ひそひそと話しあったり、うなずきあったりしていました。

「そういえば、夜になると、カタカタ、カタカタって、ひくい音が聞こえていたっけ」

「なるほど、そりゃ、タイプライター打ってたんだよ」

青い貝

「それに、あの外人、夕暮れどきか、夜しか姿を見せなかったものねえ。いつでもかくれるようにしていて、まともに顔を見た者なんか、ひとりもいやしなかったじゃないの」

「うかつだったねえ。隣組に、スパイがいたのに気づかずにいたなんて」

スパイ！　一瞬、私の胸は凍りました。足もとから、おそれが、ざわざわとはい上がって来るようでした。うそだ、うそだと、心の中でさけびながら、私はなおも耳をそばだてて人々の話を聞きました。

「外人は、ひと足先に、にげてたらしいよ」

「そのあと、奥さんと子供が、追いかけたんだねえ」

戦争のさなかでした。人々は、へんに興奮して、にげて行った外人一家のゆくえを、あれこれと、せんさくしました。

「早いとこ、つかまりゃいいんだ！」

こぶしをふり上げたのは、八百屋のおかみさんでした。

この時、私は、心の中でさけんだのです。

にげて！　ミチルさん、にげて！

私は、ミチルさんだけではない、ミチルさんのお父さんもお母さんも、親子三人が、どうか無事ににげおおせてくれるようにと祈りました。

ふるえる足で、よろよろとその場を離れながら、私は、たいへんな秘密を、ひとりじっと抱きしめていました。誰にも内緒よと、前おきしてミチルさんがささやいた、ゆくさき——

そうだ、この秘密、誰にも言っちゃいけないと、幾度も自分に言い聞かせながら、私は歩きました。たとえ、全世界がミチルさんの敵でも、私は、あの子の味方になろうと、けなげにも、心に誓ったのです。

ところが、私がミチルさんと仲良しだったのを知っている近所のおばさん達は、私を見つけますと、あれこれと、つまらないさぐりを入れて来ました。ミチルさんのお父さんに会った事があるかとか、ミチルさんは、どんなくらしをしていたのかとか。私は、そのたびにうつむいて、知らない知らないを、くりかえしていましたが、そんな事が幾日か続きますと、何だかもう、外へ出るのもおっくうになりました。

私は、へやにとじこもって、ミチルさんの事ばかり考えるようになりました。夜は夜で、自分が誰かに追いかけられている重苦しい夢を見ました。

——海のほとりの町——この言葉は、私の心の中で、日に日に重たくなり、まるで、けがをした時の傷のように、ひくひくとうずきはじめました。十二、三の娘にとって、ひとつの秘密を胸にしまいつづけておくのは、これはまあ何と大変な事だったでしょうか……

やっぱりいやな夢を見て、ひょっと目のさめたある晩、私は、机のひきだしをあけて、ミチルさんからもらった青いスカートを、取り出してみました。

背の高いミチルさんがはいていたスカートは、私がはくと、ひきずるほど長いのでした。

「あげをしなけりゃいけない」

私は、ぽつりとつぶやきました。それから針箱のふたをあけて、青い糸をさがすと、針に糸を通しました。あの時の私は、一体どんなつもりで真夜中に針仕事などはじめたのか、今もわかりません……

ともかく私は、スカートのすそを、五センチほど上げる事にしました。

ところが、フレアースカートのすそかがりというのは、なんという大変な仕事だったでしょうか。なにしろ、びっくりするほどすそ幅の広いスカートで、おまけにそれはもう、うすい絹でできていましたから、ぬってもぬってもはかどりません。一体針は進んでいるのか止まっているのか、いえ、ひょっとしたら、あともどりしているのじゃないかと思うほどに、はかどらなかったのです。

のろのろと針を動かしながら、私は、ぼんやりと、ミチルさんの事を考えました。今、あの子は、どこにいるのかしら。どこをどうにげまわっているのかしら……。

するると、青いスカートのすそが、まるで、海のふちのように思われて来ました。ゆるやかな弓なりに伸びてゆく長い長い海岸線——

この時、ふと、布の中から、ミチルさんの足音が聞こえるような気がして、私は、はっとしました。

とつ、とつ、とつ、とつ

とつ、とつ、とつ、とつ……

ああ、ミチルさんが、かけて行く。たったひとりで、にげて行く。

なぜか、ミチルさんは、靴をはいていませんでした。白いすあしで、海岸をかけてゆくのです。泡だつ波が、まるでレースのように打ち寄せるなぎさに立って、私は、そのうしろ姿を見ているのです。

「ミチルさあん」

思わず私は、大声をあげました。それから自分も走り出しました。

海の砂は、なんとやわらかく、しっとりとして、ふしぎな感触だったでしょうか……そう、気がついた時には、私も、はだしでした。

「ミチルさあん、待って、待って……」

私が、いくら呼んでも、ミチルさんは、ふりむきません。それどころか、その足どりはどんどん早くなって行くのです。

(どうして？　ミチルさん。あたし、あなたの秘密を、一生けんめい守っているのに)

けれど、みるみるうちに、ミチルさんは、小さくなって行きました。

ふっと泣きたくなって、私は、その場にうずくまりました。すると、遠いなぎさで、ミチルさんも、うずくまっているのです。その姿は、しゃがんで何かしているようにも、ころんで起きられないようにも見えました。すっかり情ない気持で、私は立ち上がると、とぼとぼとミチルさんの方へ歩きはじめました。

「ミチルさん！」

よくよくそばまで来て、私は、うしろから声をかけました。すると、ミチルさんは、やっとふりむいて、私の顔を見あげて、

「ああ、八重ちゃんだったの」

と、言いました。人なつこい笑顔でした。

「あたしね、貝をひろっているの。ほら、青い貝」

ひろげたミチルさんの手の中に、一枚の貝がのっていました。それは、桜貝のように、小さくてうすいのでしたが、色は青なのでした。

「きれい……」と、私は、つぶやきました。

「はじめてだわ。こんな貝見るの」

するとミチルさんは、楽しそうに笑って
「あたし、さっきから青い貝を集めているの。首かざりをつくろうと思って」

「首かざり？」

「そう。いつか八重ちゃんとつくったでしょ。お寺に咲いていた椿の花で。この貝も、あんなふうにつないで、長い首かざりにしようと思うの。でも、なかなか思うようにひろえないわ。ひとつ見つけたと思うと、誰かが追いかけてくるでしょう？　そのたびに、にげなけりゃならない……」

そう言うと、ミチルさんは、ふっと顔を上げて、耳をそばだてました。それから、おびえたように
「ほら足音が聞こえる。ひとりじゃないわ。三人も五人も」と言いました。

私は笑いました。

「何も聞こえないのに。あれ、波の音よ」

それから又、私達は、貝をひろいはじめました。けれども、青い貝を、二つ三つひろうと、ミチルさんは又顔を上げて言いました。

「足音が聞こえる。ひとりじゃないわ。十人も二十人も」

「何も聞こえないのに。あれ、風の音よ」

私は笑いました。ミチルさんは、不安そうにうなずいて、又貝をひろいはじめました。が、いくらもたたないうちに、今度はかん高いさけび声をあげたのです。

「足音が聞こえる。ほら、ほら、ほら、追いかけてくる！」

ミチルさんは、立ち上がって、かけ出しました。スカートの中に集めた貝が、ばらばらと散りました。

砂の上に落ちた貝は、海の色とそっくりの青でした。かざしてお日様を見ると、うっすらと陽の光がすけて、貝は、青紫に見えるのでした。私は、その美しさに目をうばわれて、ミチルさんのあとを追う事を忘れていました。そうして、どれほど時間が過ぎたでしょう。はっと気がついた時、ミチルさんは、長いなぎさの、ずっとずっとむこうに、小さな点に

青い貝

なっていたのです。

「ミチルさーん、ミチルさーん」

風が、びゅーびゅー鳴って、私の声を吹き散らします。私は、なおも声を高くして、呼びつづけました。

「ミチルさーん、ミチルさーん」

すると、遠い海の果てから、誰かが、私を呼ぶのです。

「八重ちゃん、八重ちゃん」

風の音と、波の音のはるかむこうで、なつかしい声が、八重ちゃん、八重ちゃんと……

思わずふりむいた時、私の頭の上に、裸電球が、ぼうっとともっていました。障子が少しあいて、姉の白い顔が、のぞいていました。

「八重ちゃんどうしたの。大きな声出して」

あの時私は、まっ青な顔で、わなわなと、ふるえていたそうです。目はうつろで、まるで、ひきつけをおこした子供のようだったという事です。

それから、幾日かあとだったでしょうか。私が、ミチルさんについての悲しいうわさを聞きましたのは。

ミチルさんは、にげて行った町で、お母さんとふたり、海にとびこんで死んだという事でした。青い目の子供は、お母さんの故郷の町でも、冷たい目で見られたのでしょうか。それとも、そんな遠い町にも、お父さんのうわさが、もう伝わっていたのでしょうか。

それからなのです。私が、青いスカートに、とりつかれたようになりましたのは。

私は、まぼろしのミチルさんに、せめてもう一度会いたいと思いました。その思いがつのるにつれて、私は大胆になりました。

学校から帰りますと、私は、あのスカートにはきかえて、買物にも行きましたし、友達の家に遊びにも行きました。

「外人のスカートなんかはいて」

「まるで仲間みたいねえ」

と、友達はうわさしました。が、私は平気でした。歩くたびに、ふうわりと広がるフレアースカートは、私の心を明かるくしました。青いスカートで、風の中を走ると、ふと宙にういているような気持になりました。青いスカートで、ゴムとびをしますと、すばらしくよくとべました。そうです。それまで決してとべなかった高い段を、私は、やすやすととびました。

そして、一番高い段をとんだ一瞬、家並のむこうに、ちらりと海が見えたりしたのは、あれは、気のせいだったでしょうか。

いいえ、その海のむこうには、たしかに島が見えて、島は月見草の花ざかりでした。

「八重ちゃん、鳥みたいねえ」

と、友達は、言いました。

そうです。あの時私は、本当に鳥になりたいと思いました。鳥になって、いつかミチルさんと貝をひろったまぼろしの海へ行ってみたいと。あれは、どこか遠い南の島だったのかもしれません。あんなに美しい青い貝のとれる海は、たぶん日本のどこにもないでしょう。

青い貝の事を思う時、私の心は、あこがれでいっぱいになり、涙がこぼれそうになりました。

そんな私の様子を、家族の者は、息をひそめて見守っていました。が、ある日、私が外出から帰った時、青いスカートは、こっそりと、とりあげられていました。たぶん、母のタンスの、鍵のかかるひきだしにでも、しまいこまれたのでしょう。けれど、家の者は、誰も彼も、申しあわせたように、その事について、口をつぐんでいました。私が、いくらたずねても、何も答えてくれませんでした。

そして、そのあと数年後にあのスカートは、タンスに入ったまま、燃えてしまいました。

天窓のある家

何年か前に山へ行った時、おもしろい家に泊まりました。それは、友人の別荘で、ちょっとした山小屋ふうの建物でしたが、その家には、天窓があったのです。

天窓というのは、いいものです。ぽっかりと、ま四角に切りとられた天井の穴から、夜になると星が見えます。月が見えます。流れて行く雲が見えます。その家の天窓には、すきとおったガラスがはめこまれていましたから、昼間は、少しまぶしすぎましたが、夜は、雨つゆしのいで、ぬくぬくと野宿をしているといった気分になれるのでした。

春のはじめの三日ほどを、ぼくは、その家で、たったひとりで過ごしました。いろいろと、悲しい事が重なり、神経が、すっかりまいってしまって、生きてゆくのもいやになった時、親切な友人が、ここへ来る事を、すすめてくれたのでした。

「ぼくの山小屋で、しばらく静養してきたらいいよ。今ごろは、誰もいなくて静かだし庭のこぶしの花が咲いて、それはきれいだよ」

そのこぶしの木が、小屋の屋根半分におおいかぶさって、おおらかに枝をひろげ、まっ白い花をたくさんつけているのを見た時、ぼくは、ほっとしました。やっと、心のやすらげる場所に来られたという気がしました。

家の中には、小さな台所がついていましたから、ぼくはそこで、ひとり分の食事をつくりました。川のほとりの芹をつんで来て、味噌汁をこしらえたり、タラの芽を、天ぷらにしてみたり、名も知らないうす緑の葉を、おひたしにしてみたりして。昼間は小鳥の声を聞いて過ごし、夜は天窓の空をながめて、眠りにつきました。

そうして、三日目の晩のこと――

あの夜は、ちょうど満月でした。天窓からさしこむ月の光が、ことさらに明かるく、ぼくはちょうど、海の底にでもすわっているような気分になっていました。

天窓のま下に敷いたふとんの上に、こぶしの木の影が、くっきりと落ちていました。

木の影が、こんなにあざやかに、まるで細密画のようにうつるのを見るのは、はじめてでした。風が吹いて、ほんの少し花がさやいでも、ふとんの上の影は、ゆれました。一番遠い枝の先に、小さくついたつぼみの影までが、静かにゆれました。ふと、影の中から、花たちの笑い声が、あふれて来るようでした。

「きれいなものだあ……」

ぼくは、ふとんの上に両手をついてつくづくと影をながめます。思わず手を伸ばして、影の花にさわってみます。

すると、どうでしょう。そのふっくりとふくらんだ花の影は、ぼくが触れただけで、ほのかな銀色を帯びて来たのです。驚いて、ぼくは、別の花の影にさわってみました。すると、その影も、ほうっと、銀色に光りはじめました。まるで、花の中にひとつずつの星をともしたみたいに。

ぼくは、もう夢中で、新しい影にふれてゆきました。ふとんの上に落ちた花の影は、全部で三十もあったでしょうか、かたっぱしから手を当てて、そのすべてがすっかり銀色に染まった時、ぼくの心は、何ともいえない感動で、いっぱいになりました。ぼくは、このたとえようもなく美しいものを、しばらく、うっとりとながめていましたが、ふっと手を伸ばして、一番小さい銀の花を、一輪つんでみました。

すると、花の影が、つまめたのです！

ぼくの指のあいだにはさまれた影は、ちゃんと、花のかたちをしていました。

そして、やっぱり、不思議な銀色なのでした。

「うわあ、お母さん、すごいよ。花の影がつまめたよ」

思わず、ぼくはそうさけびました。

どうしてあの時、子供の頃のくせがでたのでしょうか。末っ子のぼくは、昔、うれしかっ

天窓のある家

たり、驚いたりすると必ず、「うわあ、お母さん」と、さけんだのでしたが……その母を、つい三ヶ月ほど前に亡くした事を思い出した時、ぼくは、ふいに頭が、くらくらして来て目をつぶりました。忘れていた悲しみがつき上げて来て涙がこぼれそうになりました。ああ、天窓の上から、月がぼくを見ている。泣きそうなぼくを見て笑っている……そう思って、目をあけると、ふとんの上の花の影は、何の変わりもない灰色でした。ぼくは、天窓の下で、灰色の影をいっぱいにあびて、とりこになった小さな魚のように、すわっていたのでした。

急に、とてもせつない気持になって、ぼくは、ごろりと横になりました。すると、これまでの悲しい事や、いやな事が、あとからあとから思い出されて来ました。ぼくは、天窓のむこうの大きな月をながめながら、このまま時間が止まってしまえばいいのにと、思いました。そうして、いつか眠ってしまったのです。

ところが、翌朝目をさまして、おどろきました。

ぼくは、手の中に、ゆうべの影を、ぎっちりとにぎっていたのですから。

花のかたちをした、銀色のものでした。銀色といっても、それは、いぶし銀のくすんだ輝きで、とてもうすい、そう、アルミ箔ほどにうすいものだったのです。

「おどろいたなあ……」

ぼくは、大きなため息をつきました。天窓からさしこむ朝日に照らされて、部屋の中には、やっぱり木の影がゆれていましたが、それは、ただの影で、いくらこすってみても、つまみ上げようとしても、どうにもならないのに、ああ、月の光をあびて、落ちたゆうべの影だけが……

ぼくは、てのひらに乗った花の影を、つくづくとながめたあと、シャツのポケットにそっとしまいました。

花の影を一枚、自分のものにしたその時から、ぼくの耳に、ふしぎな声が聞こえるようになりました。その家の中にいるかぎり、炊事をしていても、本を読んでいても、ねころがっていても、上の方から、ほそい声が、呼びかけてくるのです。

「かえして
かえして
影をかえして」と。

そのたびにドキッとして上を向くと、天窓のところには、白いこぶしの花が、ゆれているのでした。

（木が、ぼくを見ている）

そんなふうに感じて、ぼくは、はっとしました。ここへ来てから、（それどころか、生まれてこのかたまだ一度も）木というものを、ぼくは特別に意識した事がありませんでした。木が、人に呼びかけたり、人を見つめたりするなんて、思ってみた事もありませんでした。が、たった今、こぶしの木は、ぼくにとって命ある対象となりました。

ぼくは、天窓のま下にすわって、上をむいて、「ねえ」と、呼びかけてみました。すると、どうでしょう。こぶしの木は、「なあに」と、言ったではありませんか。ぼくは、どぎまぎして、

「あのう、あのう、どういうわけだろう。影がつまめるなんて」

すると、木は答えました。

「お月さまのいたずらよ」と。

ぼくが、ぽかんとしていると、こぶしの木は、甘いきれいな声で続けました。

「お月さまは、この天窓を、とても気に入っているのよ。ゆうべは満月だったから、あんな事をして、あたしの影に、魔法をかけたんだわ。でも、まさか、それをもぎとる人がいるなんて、思いもよらなかった」

天窓のある家

「ごめん。あの時、花の影があんまりきれいだったから、つい……」

ぼくは、うつむきました。すると木は、少しとがった声を出しました。

「あたしは、とても困るんです。影をとられると、そこのところが、とても痛むんです」

「ほう、そんなものかなあ」

「ええ。そんなものです。たかが、花一輪分の影とお思いでしょうけれど、そこのところから、養分が出てしまって、木全体が、だめになるって事もあるんですから」

それは、わるい事をしたと、ぼくは思いました。すると、こぶしの木は、風にゆれながら、

「今夜、かえしておいてくださいね」

と、言いました。ぼくが、黙っていると、

「今夜月が出て、あたしの影が、床にうつったら、もとの所に、かならずかえしてくださいね」と、念をおしました。

「わかったわかった」

ぼくは、何度も、うなずきました。

はじめは、それほどでなかったものでも、いよいよ手離さなければならなくなると、急に

おしくなるという事がありますが、花の影を、かえせといわれてから、僕は、あれを手ばなす事が、どうしても、できなくなりました。

見れば見るほど、花の影は、美しかったのです。一体どこの宝石屋に、こんなに深い銀色の品物があるでしょうか。そっと胸に当てると、そこから、木の命が、自分の方に流れて来るようです。耳に当てると木のやさしい声が聞こえて来るようです。

花の影を、ぎゅっと手の中に、にぎりしめた時、ぼくの気持は、はっきりと決まりました。できるだけ早く、この小屋を出よう。これをもらって行く決心をした以上、あのふしぎな木の影をあびて、もう一晩、天窓の下で眠るなんて事は、とうていできない。それなら、一刻も早く、山を下る事だ……。

ぼくは、大急ぎで、荷物をまとめ、身づくろいをしました。ああ、木が上からぼくを見つめている――そう思うと、手も足も、すくむ思いでしたが、ともかく、かばんひとつに、衣類や本を、つめこむと、あとかたずけも、ろくにしないで、とび出したのです。

入口のとびらを、バンと閉めて、閉めたとびらの前で、ひょっと顔を上げた時、ぼくは、真正面からこぶしの木に出くわしました。とっさにぼくは、目を伏せて、息をころして、木を見ないように、見ないようにして、その前を通りぬけました。

けれども、ほんの十歩も進まないうちに、うしろから、あのほそい声が追いかけて来たのです。

「かえして
かえして
影をかえして」

ぼくは、その声を、ふるい落とすように、頭を、ぶるぶるふりながら走りました。帽子をとばし、雪柳のしげみをふみ荒らし、幾度もころびそうになりながら、いちもくさんに走ったのです。

「かえして
かえして
影をかえして」

その声は、ぼくが山を下りて、バス停のあたりに来るまで、追いかけて来ました。

一時間に一本のバスが、ちょうどその時やって来たのは、幸運でした。ぼくは、夢中でバスのステップをかけのぼり、一番前の座席に、どしんと腰をおろしました。するとバスはたちまち発車して、山道を、快いスピードで下りはじめました。座席にもたれて、胸の動悸《どうき》をおさえているうちに、ぼくは、だんだん興奮からさめて来ました。すると、小屋でのでき事は、どうやら、ぼくのまぼろしだと思えるようになりました。木が、口をきくなんて、そんな馬鹿げた事があるもんか。影がひろえるなんて、そんなおかしな事があるもんか……。けれども、シャツの胸ポケットにはやっぱり、いぶし銀に輝く花のかたちをした物がしまわれていて、それをどう説明したものか、わかりませんでした。

家に帰ってから、ぼくは、花の影に、ほそい鎖を通して、おまもりにして、首にぶら下げました。うっかり机のひき出しにでも入れておいたら、

そのまま消えてしまいそうな気がしたからです。

そうして幾日かたつうちに、ぼくは、だんだん元気をとりもどし、気持も明かるくなりました。そんなぼくを見て、まわりの人達は、やっぱり山へ行って来てよかったねと言ってくれました。

でも、ぼくの体の中にみなぎりはじめたふしぎな生気は、どうも、三日や四日山へ行って来たためのものとは思えませんでした。むしろ、胸のところでゆれている、おまもりのおかげのようでした。

それまでぼくは、朝おきると、頭が重くてどうしようもなかったのでしたが、花の影を首に下げてからは、雨戸のすきまからこぼれる陽の光を見ただけで、心がおどりました。人に会えば、にっこり笑って声をかけたくなりました。仕事も順調に進み、良いアイデアが、どんどんわくようになりました。食事はおいしく、夜はぐっすりと眠れました。そうです。何もかもが、ふしぎなほどうまくいくようになったのです。

そのうちに、ぼくは、結婚をしました。子供もでき、小さいながら、自分の家も、もてるようになりました。

そんなある日、ぼくは、久々に、あの山小屋の持ち主に会ったのです。

ひとしきり近況を語りあったあとで、ぼくは、つぶやきました。

「なつかしいなあ、あの天窓のある家」

するとの友人は、意外な事を言いました。

「あの家ねえ、去年こわしてしまったんだ」

「それは又、どうして……」ぼくが、けげんな顔をすると友人は、

「あんまり、いたみがひどいもんで」と、答えました。

「ほう、白アリにでも、やられたのかい」

するとの友人は、首をふって、

「木だよ。あのこぶしの木だよ」と、言ったのです。それから、こんな話をしました。

「家にくっついて、大きな木があるのは、よくないねえ。毎年、葉がどっさり落ちて、雨どいにたまるものだから、家のいたみがひどくなってねえ。時々修繕していたんだが、どうも、葉の散り方が、あんまりはげしいので、よくよく調べてみたら、あの木は、病気になっていたんだ」

「……」

「気がついた時には、すっかり腐っていてもう幹なんか、ぼこぼこの空洞だったのさ。その

上このあいだの台風の時に、大きな枝が、ぽっきり折れて、それが屋根に落ちたものだから、天窓が、すっかりこわれてしまってねえ」

ぼくは、思わず目をつぶりました。息をつめて、たったひとこと、

「やっぱり……」

と、つぶやきました。

かえして、かえして、という、あの声が、ぼくの耳によみがえりました。そしてこの時ぼくは、はっきりと知ったのです。たった一枚の花の影から、ぼくは木の養分をもらってたちなおり、木の方は、そのために死んだのだと。

「すまない事したなあ……」ぼくは、小さくつぶやきました。すると、急にぼくの胸は熱くなり、悲しみとも感動ともつかない思いでいっぱいになりました。天窓の上でゆれていたあのまっ白い花の群れが、そっくりそのままぼくの胸の中にうつってきて、白い灯を燃やし続けているように。

奥さまの耳飾り

おやしきの奥さまが、耳飾りをなくされました。

それは、うす桃色の真珠で、たいへん高価な品物だという事です。その片方を、奥さまは、前の晩に、おやしきの中の、どこかに落としてしまわれたのです。

「奥さまが、耳飾りを落とされました。おそうじの時は、気をつけてくださいよ」

翌朝、としとった女中頭《がしら》の声が、長い廊下の、はしからはしまで、ひびきわたりました。

小夜は、ぞうきんをかけながら、耳飾りというのは、一体どういうものだろうかと考えていました。けれども、そのあとすぐに、おやしきじゅうの者が、奥さまのお部屋によばれて、耳飾りというものを、拝見したのです。

残った片方の耳飾りは、木彫りの宝石箱におさめられてありました。銀の金具の上に、びっくりするほど大きな真珠が、まるで朝露の玉のように、とろりと光っていました。それを、おやしきの女中も書生も庭番も、ゆっくりと拝見しました。

「いいですか。これと同じものを見つけた人は、すぐ私のところに届けなさい。きょうは、ごみの中も、ようく調べるんです」

女中頭は、緊張した声をふるわせながら、みんなにそう言いわたしました。

この時、奥さまは、となりの部屋の絹のおざぶとんの上に、たおれるようにすわって、なげき悲しんでいられたのです。奥さまは、うす青のきものに、同じ色の帯を結んでいられました。このしとやかな、洋服など一度も召した事のない方が、どうしてゆうべ、耳飾りをかけられたのか、小夜にはわかりませんでした。その耳飾りは、奥さまが、御結婚の時に、だんなさまから贈られた品物だという事です。

それにしても、そのだんなさまという方に、小夜はまだ一度も、お目にかかった事がありませんでした。このおやしきに奉公にあがって、もう半年もたつといいますのに。

だんなさまは、大金持の貿易商だという事です。港に、大きな船を持っていて、海のむこうの国々のすばらしい宝物を、どっさり運んで来る仕事をしているのだという事です。

「ですからね、一年のうち、ほとんどは海の上にいられる方なんです。めったにお帰りになる事はありません。私だって、まだお会いした事がないくらいですからね」

そんなふうに、女中頭は話しました。それなら、奥さまは、ずいぶんおさびしいだろうと、その時小夜は思ったのでした。

そのゆうぐれ。

お庭のくちなしの木の下に、思いがけなく真珠の玉を見つけた時の、小夜の驚きといったらありません。

奥さまの頭痛のお薬を買いに、大急ぎで薬屋まで行った帰りでした。うす暗くなった庭の黒い土の上に、それはまるでくちなしの花からこぼれた露のように、ほろりと落ちていたのです。

思わずひろい上げて、てのひらにのせて、小夜は、この宝物を、息もつかずにながめました。それからそっと、自分の右の耳につけてみたのです。

こんな事をしてはいけない。すぐに届けなけりゃいけない。自分で自分にそう言い聞かせながら、それでもたった一度、耳飾りというものを、身につけてみたいという思いに、小夜は、うち勝つ事ができませんでした。

耳飾りをつけた耳たぶは、なんと重たく熱く感じられた事でしょうか。小夜は、思わずぶるっと頭をふりました。なるほど、身分の高い人というのは、いつも、こんな感覚で生きているのかしらんと思ったりしました。

この時なのです。

耳飾りをつけた小夜の耳に、ふしぎな音が聞こえて来たのは。

ざーっと一気によせて、ちゃぷちゃぷと笑いながら遠ざかって行く。又、ざーっとよせては、さざめきながら消えて行く……ああ、それは、海のなぎさの音でした。

小夜は、浜の漁師の家に生まれましたから、海の音なら、まちがえなく、聞きわける事ができたのです。

思わず小夜は、目をつぶりました。

すると、その音はもう小夜の頭いっぱいに胸いっぱいに、いいえ、体じゅうにあふれてごうごうと鳴り続け、さかまく怒涛となりました。

その音のむこうから、おいで、おいでと呼ぶ、ひくい声が聞こえたのは、小夜の気のせいだったのでしょうか。けれども、この時もう、小夜は、このふしぎな耳飾りのとりこになっていました。

「いま行く、いま行く、いま行く――」

大声で小夜はさけびました。そして、耳飾りをつけたまま、かけ出しました。

海へ、海へ、あの波の果てから自分を呼ぶ、ふしぎな声の方へ――。

おやしきから海までは、だいぶ離れていました。汽車に乗れば三十分、歩けば半日もかかったでしょうか。それなのに、この夜、小夜は、ほんのひとっとびで、海に出てしまったのです。どこをどう走ったのでしょうか。たもとが、風にびゅうびゅうと鳴り、家々のあかりが、星座のようにまたたき、黄色い月が、空いっぱいに、ふしぎな鼻歌をひびかせていたのだけおぼえています。小夜は、耳飾りをつけた耳をおさえて、ただもう、夢中で走ったのです。

ああ、あついあつい、耳があつい。小夜は、あえぎあえぎ、そう思いました。

それでも、そのあつい右の耳に、絶えまなくひびく呼び声を、小夜は、追い続けたのです。

その声は、やさしく甘く、それでいて、たとえようもなく雄々しい男の声でした。

気がついた時、小夜は、海の上でした。

なんと小夜は、砂浜から海におどり出て、水の上を走っていたのです。着物のすそひとつぬらさず、さざ波ひとつたてずに。

夜の海は、黒い重たい布のようでした。そして、その海のはるかむこう、水平線のあたりから、まだあの声は、おいでおいでと、呼んでいるのでした。

海の上を、どれほど走ったでしょうか。

小夜のゆくてに、小さな黒い島かげが見えて来ました。島は、月の光をあびて、すべすべと光っていました。そして小夜がやっと、その島にたどりついた時、島が、くらんとゆれて、何か言ったのです。

そう、たしかに、島がしゃべったのです。あの声で、こっちへおいでと。そのあと、その声は、奥さまの名前をよびました。一瞬小夜は、ぎくりとしました。

目をこらして、よくよくながめると、それは、島ではなくて、なんと、一匹のくじらでした。くじらのふたつのほそい目が、じっと小夜を見つめていました。それから今度は、けげんそうに、もう一度奥さまの名前を呼んだのでした。小夜は、うつむいて、しどろもどろに答えました。

「は、はい、わたし、奥さまのおつかいで、まいりました」

すると、くじらは、

「おつかい？　おつかいというのは、どういう事だろう」

と、ひどく驚いたように言いました。それから、

「あれは、病気でもしていますか？」

と、たずねました。

「……」

小夜は、何か言おうとしましたが、声が出ませんでした。むきを変えて、大急ぎで浜へもどろうと思いましたが足が動きませんでした。

この時、小夜は、はっきりと知ったのです。

奥さまの耳飾り

奥さまのだんなさまは、海のくじらだったのだと。

子供の頃、小夜は、魔力のあるくじらの話を聞いた事がありました。海の沖には、ふしぎなくじらが住んでいて、このくじらのお嫁さんになった娘は、立派な御殿に住み、たくさんのめしつかいにかしずかれて暮らせるのだと。そして、満月の晩に、美しい宝石を身につけて、海のくじらに会いに行くのだと。

小夜は、わなわなとふるえました。ああ、何という事でしょうか、自分は、奥さまのかわりに、まちがえて、ここへ来てしまったのです……

くじらは、小夜をじっと見つめて、それから、静かに言いました。

「わけを話してごらん。ほんとの事を言ってごらん」と。

その声は、悲しみに、ふるえていました。

ぽつりぽつりと、小夜は話しました。奥さまが、片方の耳飾りをなくされた事、それをひろった自分が、何も知らずにここへ来てしまった事を。

聞き終って、くじらは、ほうっと、ため息をつきました。まるで、森を吹く風のような、こもった深いため息でした。それからひとこと、

「いけないねえ」と、言ったのです。くじらは、ぽろりと涙をこぼしました。

「耳飾りは、ふたつでひと組だと、あんなに教えておいたのに。片耳だけで使ったりしたらいけないって、言っておいたのに。その上、耳飾りの秘密を、ほかの者に知られてしまったんだから、もう、おしまいだ」

「おしまい？　何が？」

小夜は、目を大きく見ひらきました。

「私達の結婚さ。私が妻にあげた夢さ。くじらが人間の娘にあげる夢は、ふりこと同じだ。ここへ来たら、かならず帰れるように、ふたつの真珠を、耳飾りにしてあげたんだ。それを、片方だけ使ったりしたら、もうおしまいだ。私達は、二度と会えなくなる」

「……」

なんと大変な事をしてしまったのだろうと小夜は思いました。あの時すぐに、耳飾りを奥さまにお返しすればよかった。そうすれば、何ひとつ、おきはしなかったのに……

そして又、小夜は、ひとつだけの耳飾りをつけて、こんな所まで来てしまった自分のかるはずみを悔いていました。もうひとつの、左の耳につける耳飾りの無い今、小夜はどうやって陸にもどる事ができるでしょうか……

さっきまで、ぴいんと張りつめて、さざ波ひとつたたなかった海は、今、たぷたぷと、息をするようにゆれていました。月のかげがくだけて、散りこぼれた黄色い花のように見えました。

（この海を、どうやって、帰ろう……）

とほうにくれて、ほうっと、ため息をついた時、どうでしょう。

小夜は、ちゃんと、くじらの背中にすわっていました。その大きな、すべっこい体に、一体どうやってよじのぼったのか、ともかく小夜は、くじらの背中で、両足をぶらぶらさせながら、海をながめていたのです。

（お月さまお月さま、助けてください）

小夜は、心の中で祈りました。

「あんたは、心配しなくていい」

ふいに、くじらが言いました。

「もうすぐ魔法がとけるんだから。耳飾りの魔法も、これでおしまいになるんだから。あんたは、ちっとも、心配しなくていい」

その言葉に、小夜は、少し安心しました。そして、ぼんやりと、おやしきの奥さまの事を思いました。

奥さまの耳飾り

満月のたびに奥さまは、海の上を走って、ここへ来られたのでしょうか。青いたもとを、びゅうびゅうと、風におどらせ、真珠をつけた両耳をおさえて、息せき切って、かけて来られたのでしょうか。

ふっと、小夜は、涙ぐみました。するとくじらも、すすり泣いたのです。

「魔法というものは、悲しいものだ」

くぐもった声でくじらは、つぶやきました。

海の月が、ゆっくりと西へ移って行くのを小夜は、ながめていました。何年も、何十年もの月日が過ぎて行くような気がして、ながめていました。

夜が明けた時、小夜は、おやしきの庭の、くちなしの木の下に立っていました。

朝の仕事を命令する女中頭の声が、あたりに響いていました。窓の下には、新しい白い百合の花が咲いていました。

いつもと同じ、おやしきの朝でした。のどかで、さわやかな、一日のはじまりでした。

けれどもこの時、小夜は、まるで、気のふれた娘のように目をキラキラさせ髪をふり乱して、おやしきの中にかけこんだのです。

「奥さま、奥さま……」

そうさけびながら、奥さまの部屋へとんで行ったのです。

奥さまは、きのうよりも、もっと深い悲しみに沈んでいられました。そして、消え入るような、ほそい声のひとりごとを言ったのです。

「残りの耳飾りも消えてしまった。朝日にとけてしまった。これで、何もかも、おしまいだわ……」

奥さまの手の上には、からっぽの宝石箱がのっていました。

「奥さま、もうひとつの真珠、私が……」

小夜が、そう言いかけて、自分の耳に手を当てた時、あの耳飾りも、やっぱり露のように消えていました。

それから、いくらもたたないうちに、おやしきは、つぶれ、奥さまは、お里に帰られる事になりました。

おひまをもらう時に、女中たちは、ひそひそと話しあいました。おやしきがつぶれたのは、たぶん、だんなさまの事業が失敗して、仕送りが、とだえたからだろうと。

小夜だけが、ほんとうの事を知っていました。

重たい悲しみにしずんで、小夜は、おやしきを出たのでした。

誰にも見えないベランダ

ある町にとても気のいい大工さんが、いました。

この人は、どんな仕事でも、たのまれたら、気軽にひきうけました。たとえばこんなぐあいです。

「大工さん、うちの台所に、タナをひとつつくってほしいの」

「はいはい、おやすい事ですよ」

「きのうのあらしで、とびらがこわれてしまってねえ。なんとかならないかしら」

「それはお困りでしょう。急いで、なおしてあげましょう」

「子供が、うさぎを飼いたがっているの。それで、ちょっとした小屋が、ほしいんだけれど」

「ああ、ひまをみて、つくっておいてあげましょう」

大工さんはまだとても若かったのですが、なかなか立派な腕をしていました。その気になれば、大きな家を一軒たてる事だって、できたのでした。が、なにしろ、たいへんなお人よしでしたから、いつでも、報酬のない、ちょっとしたたのまれ仕事に追われていました。そして、そのために、大工さんは、いつも、貧乏でした。

さて、ある晩のこと。

大工さんが借りている二階の部屋の窓ガラスをとんとんとたたいて、一匹の猫がやって来ました。

「大工さん、こんばんわ。ちょっと、起きてくださいな」

猫は、とても礼儀正しくあいさつしました。窓のむこうには、まんまるの月が出ていて、その月にむかって、猫は、しっぽを、ぴいんと立てていました。

まっ白い猫でした。ふたつの目は、オリーブの実のような緑色で、その目にじっと見つめられた時、大工さんの体は、ぷるんと、ふるえました。

「いったい、どこの猫だい？」

「どこのって、のらですよ」

「のら猫……それにしちゃ、ずいぶんきれいな毛並してるねえ」

「ええ。とくべつに、おめかしして来たんです。とくべつのお願いがありましてね」

「ほう、そりゃ又、どういう事だろう」

大工さんは、窓をほそくあけました。冷たい風が、ぴゅーんと吹きこんで来て、その風の中で、白いのら猫は、りんとした声で、一息に言いました。

「ベランダをひとつ、つくってほしいんです」

大工さんはあきれて、

「猫が、ベランダを！」と、さけびました。

「また、ずいぶんぜいたくな話じゃないか」

するとと猫は首をふりました。

「いいえ。ぼくが使うんじゃありません。お世話になっている娘さんのために、お願いしてるんです。ベランダの大きさは、一メートル四方、色は空色、場所は、柏通りの七番地。裏通りの小さいアパートの二階です。白いカーテンのかかっている部屋です」

そう言い終ると、猫の姿は、するりと、となりの屋根にとび移って、まるで、闇の中にとけるように、消えてしまいました。あとには、月の光が、しとしとと落ちて、かわらの屋根を、海のように見せていました。大工さんは、ほーっと白い息をはいて、今のは夢ではないかしらと思いました。それにしても、猫にまで仕事をたのまれるなんて、これは、どうした事だろう。自分の腕前は、動物にまで評判だというのかしらん……そんなふうに思っているうちに、いつか体がほかほかして来て、いつか大工さんは、やさしい夢の中に、とっぷりとおちて行きました。

ところが翌朝、大工さんが、窓をガラリとあけますと、電線に一列に止まっていたすずめが、声をそろえて言ったのです。

誰にも見えないベランダ

「ベランダをつくってくれますね。大きさは一メートル四方、色は空色、場所は、柏通りの七番地」

大工さんが、道具袋をかついで、道を歩いていますと、今度は、木の下で、遊んでいた鳩が言いました。

「ベランダを、つくってくれますね。あたしたちの大好きな娘さんのために。場所は、柏通りの七番地」

大工さんは、何だか頭が、くらくらして来ました。

(どうした事だ。急に、猫だの鳥だのの言葉が、わかるようになって……)

そう思いながら、大工さんの足は、ひとりでに、柏通りの方へ、むかっていました。

柏通りの七番地に、たしかにそのアパートは、ありました。

高いビルのうしろのたてものでした。二階の、一番はしっこの窓に、白いカーテンが、かかっていました。

「なるほど、猫の言ったとおりだ」

大工さんは、感心して、その窓を見上げました。

(だけど、いいんだろうか。勝手に、ベランダなんかこしらえて、アパートの持ち主に、し

かられやしないだろうか）

そんなふうに思っていますと、どうでしょう、

「ちっとも心配いりません」

という声がして、ゆうべの猫が、アパートの屋根の上に、ちゃんとすわっているじゃありませんか。猫は、上きげんで、こんな事を、言いました。

「ベランダを、空の色と同じにするんです。それから、ぼくがちょっとばかり、おまじないをします。そうするとね、ベランダは、誰にも見えなくなります。つまりね、内側からしか見えないベランダが出来あがるんです」

猫は、片手で、ぺろりと顔をひとなですると、

「さあさあ、どうぞ仕事を、はじめてください。娘さんは、今留守です。昼間は働きに行ってるんです。夜になって、もどって来たら、あっと驚かせてあげたいんです。なにしろ、ぼくたち、これまでとてもあの子のお世話になって来たんですから。あの子は、自分が、ごはんを食べないでも、ぼくや鳥たちに、えさをくれました。ぼくが、けがをした時には、薬をぬってくれました。すずめのひなが、巣から落ちた時には、ひろって大事に育ててくれました。だから、そのお礼に、この殺風景な窓に、いつかすてきなベランダをつくってあげたい

って……」

そこまで聞いて、大工さんはもう、この話に、のり気になりました。

「よし、ひきうけた。うちに、古い材木があったっけ。あれを使って、とびきりかわいいのを、つくってあげよう」

さっそく、大工さんは、仕事にかかりました。材木を運んで来て、ていねいに、カンナをかけて、寸法をはかって、ノコギリをひいて、屋根にのぼって、トントントンと、かなづちをならします。

こうして、ビルのうしろの、日あたりのわるいアパートの窓に、大工さんが、空色のベランダをつくりあげたのは、もう夕暮どきでした。まるで、おもちゃのように小さな、ペンキぬりたてのベランダでした。

やれやれと思いながら、大工さんは、あとかたづけをして、はしごを下りはじめました。すると、屋根のあたりから、猫のこんな歌声が聞こえて来ました。

「野菜もとれれば花も咲く
星にも雲にも手が届く
誰にも見えないすてきなベランダ」

誰にも見えないベランダ

大工さんは、急いで地面におりると、上を向いて、たった今こしらえたベランダを見ようとしました。けれども、ああ、猫の言った通りです。ベランダは、影もかたちもなく、見えるものといったら、屋根ばかり。

大工さんは、何度も頭をふりました。目をこすりました。それから、こう思いました。

（一体、どんな娘さんが、あの窓をあけるんだろう）

もうほの暗くなった横丁の、石のへいにもたれて、大工さんは、たばこに火をつけました。そして、娘さんの帰りを待ちました。へいにもたれて、たばこを吸うなんて、何だかいやなかっこうだなと思いながら、それでも、大工さんは、ちょっとの間も、目をアパートの窓から離すことができませんでした。

とっぷりと日が暮れて、あたりに夕食のにおいがたちこめる頃、あの窓に、ぽっとあかりがともりました。白いカーテンがゆれて、ガラス窓があきました。そして、髪の長い娘が、顔を出したのです。

一瞬、娘は、とても驚いたように、屋根の上を見わたしていましたが、やがて、

「なんて、すてきなベランダ！」

と、さけびました。それから、両手を高く伸ばして、こんな事を言いました。

「一番星さん、こっちへおいで
夕焼け雲さん、こっちへおいで」

それから娘は、その白い手の中に、星や雲をしっかりとつかんだように、しあわせそうな顔をしました。

それから何ヶ月過ぎたでしょう。

寒い冬が終って、陽ざしが、あたたかくなった頃、大工さんのところに、大きめの小包がひとつ届きました。小包は、空色の紙に包まれていて、やっぱり空色のひもが、かけてありました。

首をかしげて、大工さんが、包をあけてみますと、中にはまあ、緑の野菜が、どっさり入っていたのです。

レタスがあります。つまみ菜があります。芽キャベツがあります。パセリがあります。カリフラワーがあります……そして、こんなカードが、そえてありました。


ベランダでとれた野菜です。

ベランダをつくっていただいたお礼です。

大工さんは、目をまるくしました。あの誰にも見えないベランダに、よくまあこれだけの、ほんものの野菜が育ったものです。さっそく、大工さんは、その野菜で、サラダを、こしらえてみました。ふしぎなベランダでとれた野菜は、あまく、みずみずしく、一口食べるごとに、体がすきとおって行くようでした。

五月になりました。

吹く風が、花と青葉のにおいを運ぶころ、大工さんのところに、中くらいの小包が届きました。

大工さんが、包をあけてみますと、中には、つややかな赤いいちごが一箱入っていました。そして、やっぱり、こんなカードが、そえてありました。

ベランダでとれたいちごです。
ベランダを、つくっていただいたお礼です。

大工さんは、いちごに、ミルクをたっぷりかけて食べました。いちごは、冷たく、かおり高く、一口食べるごとに、体がかるくなって行くようでした。

六月になりました。

ふり続いた雨がやんで、日ざしが、急に、あつくまぶしくなった日、大工さんのところに、又、小包が届きました。

今度は、ほそ長い木の箱で、中には、どっさりの赤いばらが、眠っていました。


ベランダで咲いたばらです。

ベランダを、つくっていただいたお礼です。


大工さんは、ばらの花を、自分の部屋に飾りました。そして、その夜は、花のかおりにつつまれて眠りました。

こつこつと、誰かが窓をたたく、かすかな音で、大工さんは、目をさましました。部屋は、むせかえるほどの、ばらのにおいでした。そして、窓の外には、いつかの白い猫が、ちんまりすわって、こっちを見ていたのです。

猫は、静かに言いました。

「大工さん、おむかえに来ました。空色のベランダにのって、星をとりに行きませんか」

「星を……？」

大工さんが、ふっと外を見ると、これはまあ、いつかこしらえた空色のベランダが、まるで船みたいに、空にうかんでいるじゃありませんか。それも、大工さんの二階の窓のすぐ近く、手を伸ばせば、届きそうなところに。

空色のベランダには、いくつもの植木鉢が置かれて、紅ばらが、咲きあふれていました。ばらのつるは、ベランダの手すりにもからみついて、小さいつぼみの花をつけていました。そして、咲きこぼれる花の中に長い髪の娘が立って、大工さんに、手をふっているのです。娘の肩には、たくさんの鳩がとまっていました。すずめの群が、ばらの葉を、ついばんでいました。

大工さんの心は、ぱっとあかるくなりました。いいようのないよろこびで、胸が、ことことと、おどりました。

「よし、行こう!」

大工さんは、猫をだき上げると、パジャマのまま、窓から外へとびだしました。屋根の上を歩いて行って、ひょいと、ベランダにのり移りました。

すると、ベランダは、まるで宇宙船のように動きはじめました。星や月や、夜空にたなびく紫色の雲にむかって、ゆっくりと、飛んで行きました。そして、いつか本当に、誰にも見えなくなりました。

木の葉の魚

アイは、まずしい漁師の娘でした。

その漁師の家の貧乏さかげんといったら、財産は何ひとつなく、借りものの小舟が一そうに、借りものの網が、たった一枚あるだけでした。それなのに、子供ばかりは十人もいて、おまけに、その子供たちを養う父親は、病気ばかりしているといったぐあいでした。

さて、その家の一番上の娘のアイが、としごろになって、いよいよどこかにお嫁にやらなければならなくなった時、母親は、自分の娘を、つくづくとながめて考えました。

こんなに色が黒くて、学校にもろくに行かなかった娘を、もらってくれる人が、いるだろうか……

それでも、自分の娘は、なんとかしあわせになってほしいと願うのが、親ごころというものので、アイの母親は、村の人に会うたびに、こんなふうに、たのんだものでした。

「うちのアイに、おむこさんを、さがしておくれ。ごらんのとおりの貧乏人で、したくは、なんにもしてやれないが、嫁入りの時には、とっときの道具をひとつ持たせてやるつもりだから」

村の人達は、ふんふんと、うなずきましたが、アイの家の、山ほどの借金の事を思い出して、誰ひとり、本気でアイのおむこさんをさがそうとはしませんでした。

あんな家の娘をもらった者は、それこそ貧乏くじをひくようなもんだ。それ考えたら、とても気の毒でなあ……

ところが、このアイを、おおよろこびで、もらおうという人が、できました。それは、遠い山の村から、時々野菜を売りにやって来るばあさんで、山番をしている自分のむすこの嫁に、ぜひアイをほしいと言い出したのです。そのばあさんの話は、こうでした。

「貧乏は、おたがい様だ。アイちゃんみたいに働き者の娘を、うちの嫁さんにもらえたら、どんなに助かるかしれない。したくはなんにもいらないから、体ひとつで来ておくれ」

これを聞いて、アイの母親は、おおよろこびしました。願ったりかなったりの話だと思ったのです。

こうして、それからいくらもたたないうちに、アイは、山からやって来た行商のばあさんにつれられて、まだ見た事もない人のところへ、嫁入りする事になったのです。

いよいよアイが村をはなれる前の晩に、母親は、古いなべをひとつ出して来て、こう言いました。

「いいかい、アイ、これが、お前のたったひとつの嫁入り道具だよ。きたないなべだけれど、これひとつが、お前を、しあわせにするからね」

アイは、ぽかんと、母親を見つめました。母親は、そのアイの耳に、口をよせて、なべのふたを、そっとあけました。

「これから母さんの言う事を、ようくおぼえておくんだよ。これは、ふしぎなべでね、この中に、山の木の葉を、二、三枚入れて、ふたをして、ちょっとゆすって又ふたをあけると、木の葉は、すばらしい焼き魚になるんだよ。そこに、ゆずでもしぼって食べてごらん。そりゃもう、とびきりのごちそうだから」

アイは、目をまるくして、そんな不思議な品物が、一体どうして自分の家にあったんだろうかと考えました。すると母親は、アイを両手で抱きよせて、ささやきました。

「このなべには、母さんの祈りがこもっているんだよ。お前が、しあわせになるように、母さんは、百日、海の神様にお願いして、このなべをもらったんだから。だけどね、この事を、ようくおぼえておき。あんまりやたらに、このなべを、使ってはいけないよ。なぜって、このなべに入れられた木の葉が焼き魚に変わる時に、海では、何匹かの魚が、お前のために死んでくれるんだからね。その事を考えて、このなべは、嫁入りをした最初の晩と、それから、本当に大事な時にだけ、使うんだよ」

アイは、うなずきました。母親は、なべをていねいに、ふろしきに包んで、アイに手渡しました。

こうして、なべをひとつかかえただけの海の娘は、お姑《しゅうと》さんのあとについて、旅立ったのです。

長い道のりでした。

ふたりは、バスに三時間もゆられたあと、石ころだらけの山道を、何時間も歩きました。おろしたてのぞうりが、すりへって、鼻緒が切れるくらい歩き続けた時、やっと、崖の下の小さな家につきました。

それは、緑の木もれ陽に包まれた、草屋根の家でした。家の前には、高い朴《ほう》の木と、小さな、ねぎの畑がありました。

「ここだここだ。ここが、わしらの家だ」

と、お姑さんが言いました。アイは、目をぱちぱちさせて、

「いい家ですねえ、立派な屋根ですねえ」

と、言いました。アイが、今まで住んでいた海の家は、トタンぶきで、屋根には、石がたくさんのせてあったのです。それにくらべると、この草屋根は、なんとどっしりとぶ厚くて、あったかい感じがするんだろうかと、アイは思いました。

すると、その家の戸が、がらっとあいて、これはまた、どっしりとして、あったかい感じのする若者が、顔を出しました。若者は、アイを見ると、それはいい感じに笑ったものですから、アイは、ひと目で、この人が、好きになりました。

その夜、アイは、母親からもらったなべを使って、とびきりおいしい魚の料理をこしらえました。

なべの中に、朴の葉を、三枚ならべてふたをして、ちょっとゆすって、又ふたをあけると

どうでしょう。なべの中には、カレイが三匹、ちょうどいい具合に、こんがりと焼けていたのです。

―――

アイは、焼きたての魚に塩をふりかけて、お皿にのせて、食卓に運びました。料理の上手なお嫁さんが来た事を、アイの夫は、ただもうよろこびました。けれども、お姑さんは、はしを動かしながら、首をかしげました。

(はて、これは、どうしたわけだろう。魚は、どこで手に入れたんだろう。たしかに、この娘は、なべひとつしか持って来なかったのに……)

けれども、お嫁さんは、それっきり、なべを高いとだなにしまいこんで、使おうとしませ

んでした。

静かで、平和な日々が過ぎて行きました。山では、ふくろうが鳴き、鳩が鳴き、きつねが鳴きました。そんな動物たちの声を、アイは、聞きわける事ができるようになりました。朝は早くおきて水をくみ、昼は畑を耕し、夜は、はたおりをして、毎日せっせと働いて、春が過ぎて行きました。

ところが、その年の夏は、雨が多く肌寒く、めったに晴れる日はありませんでした。そのために、秋になっても山の木の実はみのらず、たんせいした畑の作物も、腐ってゆきました。

何百年に一度の飢饉《ききん》が、やって来たのです。

アイの一家は、とぼしい食べ物で、食いつないで来ましたが、とうとう、ほそいさつまいもが一本しか残らなくなった時に、お姑さんは、青い顔をして、アイに言いました。

「いつかの魚の料理をつくってもらえないかねえ。もう食べ物は、なんにもなくなってしまった」

その目は、あのなべの秘密を、ちゃんと見ぬいているように思われました。アイは、うなずきました。こんな時には、海の神様も、許してくれると思ったのです。アイは、家の外へ出て行くと、又、朴の葉を三枚とって来て、なべにならべました。それからふたをして、ちょっとゆすって、又ふたをあけると、なべの中には、すずきが三匹、じゅうじゅうと焼けていました。それを、三枚のお皿に取り分けながら、アイは、まっ青な秋の海を思いうかべました。アイは、自分達のために命をすててくれた三匹の魚に、そっと手をあわせました。

雑木林のむこうに住んでいる、となりの家の人々がやって来たのは、それから三十分ほどあとの事でした。

今ごろ、魚の焼けるにおいがするので、ちょっとよってみました。この飢饉に、一体どこで魚を手に入れたのか、それを聞こうと思って――

おどおどと、へつらうように、となりの人は言いました。これを聞いてお姑さんは、アイに魚を焼くように言いました。そこでアイは、又、朴の葉を、お客の数だけなべに入れました。

「さあさあ、遠慮なく食べて行ってください」と、お姑さんは言いました。お客は、大よろこびで、魚を食べて帰ったのです。

ところが、困った事になりました。

あの家に行けば、魚がただで食べられるといううわさが、村から村へと広まり、遠い道を

歩いて飢えた人達が、アイの家を、たずねて来るようになったのです。アイは、朝から晩まで台所にとじこもって、木の葉をなべに入れては、魚の料理をこしらえました。ああ、これで何十匹、海の魚が死んだろうか……そんなふうに思い、それでもアイは、手を休める事ができませんでした。魚を食べたい人達は、あとからあとから、やって来ましたから。

ある日、とうとうお姑さんが言いました。

「こんな時に、ただで魚をふるまう事もあるまい。うちも貧乏なんだから、魚一匹につき、米一合でも、大根一本でも、いくらかの金でも、もらったらいいと思うが……」

これを聞いて、アイはすぐ、こう答えました。

「あのなべは、やたらに使ってはいけないと、里の母さんに言われました。ただで魚をあげるのならまだしも、お金や物と交換するのでは、海の神様にすみません。なべに入れた木の葉の数だけ海では魚が死ぬのだと聞いています」

すると、お姑さんは、笑いました。

「山の木の葉と海の魚は、おんなじ事さ。山の木の葉が、取っても取ってもなくならないように、海の魚だって、なくなりゃしない」

横から、アイの夫も、口をあわせました。

「そうとも。山の木の葉は海の魚とおんなじた」

仕方なく、アイは又、台所に入って行って、魚の料理を、こしらえつづけたのです。ああ、せつないせつないと思いながら、何百枚何千枚の木の葉を、なべに入れつづけたのです。

林の中の小さな家は、やがて、魚のにおいでいっぱいになりました。それにつれて、家の中は、米や豆や野菜や果物でいっぱいになりました。魚を食べたいばかりに、人々は、とっときの食物を持ってやって来たのでしたから。そのうちに、アイの夫は、山番の仕事をやめました。お姑さんも、畑仕事や、ぬいものをやめました。アイの夫は、時々、もらいものの野菜や豆を、かごに入れて、ふもとの村に売りに行きました。そうして、いくらかのお金をつくっては、もどって来たのでしたが、ある日のこと、アイに、一枚の美しい着物を買って来たのです。

それは、白地に、椿の花が、ほとほとと散っている着物でした。その花びらの、ぽってりとした赤が、アイの心を、くすぐりました。ま新しい着物を手にしたのは、生まれてはじめての事でしたから。アイは、涙が出るほど、うれしいと思いました。つき上げてくるよろこびの渦の中で、アイは、海の神様へのうしろめたさも、里の母親の注意も、さらりと忘れました。新しい着物をだきしめて、このなべが、お前をしあわせにすると言った母の言葉は、こういう事だったかと、自分なりに解釈したのです。

それからというもの、アイはよろこんで、魚を焼くようになりました。

アイの家に魚を食べに来る人々の群が、ほそい山道に、ひしめきました。アイの家は、どんどん豊かになり、アイは美しい着物を、何枚も持てるようになりました。


そうして、それから、どれほどの月日が過ぎたでしょうか。

激しい雨が、まるまる三日ふり続いたあるあけ方のこと——

三人は、ドドーッという無気味な音を聞きました。それから、家が、ぐらりと大きくゆれるのを感じました。

「山くずれだ！」
アイの夫が、さけびました。
「うしろの崖が、くずれて来る！」
と、お姑さんも、さけびました。たちまちのうちに、天井

が、めりめりと鳴り、柱が、ゆれました。ああ、家がつぶれる……もう、にげる事もできずに、アイの夫が、たたみの上にうずくまった時、いきなり、アイが言ったのです。

「いいや、ちがう……」と。

それからアイは天井を見上げて、

「あれは波の音だ」と、つぶやきました。

「波の音？　波の音が、どうしてこんな所まで、聞こえるものか」

「そうとも。お前のそら耳だ」

けれどもこの時、アイはなつかしさにおどりあがり、髪をふり乱して、戸口にかけて行ったのです。そうして、カタリと戸をあけると――

どうでしょう。

山の木もれ陽とそっくりの色をした海の水が、ゆらゆらと、家の中にあふれこんで来るではありませんか。

「ほうら！」と、アイはさけびました。それから、上を見上げて何もかもを知ったのです。なんと、アイの家は、海の底に沈んでいたのです。

一体、どういうわけで、そんな事になったのかわかりません。大津波でもおきて、遠い海が、山までおしよせて来たのか、それとも海の神様の大きな手が、この小さな家をつまみ上げて、海の底に沈めてしまったのか……

それにしても、海の底に沈められても、三人は、苦しくも寒くもなく、ただ、体が、いつもより少し軽いだけでした。三人は、戸口のところに集まって、あっけにとられて、上をながめました。

この家をおおっていた緑の木の葉は、みんな生きた魚になり、群をなして泳いで行くところです。しばらく、その美しさに見とれたあと、お姑さんが、ため息をついて言いました。

こんな所に沈められて、この先、どうやって生きて行ったらよかろうかと。

この時です。アイは、ずっとずっと上の方で、誰かが自分を呼ぶのを聞きました。

「アイ、アイ、こっちへおいで」

あたたかい、やさしい声でした。

「アイ、アイ、こっちへおいで」

「ああ、母ちゃん！」

思わずアイは、両手を上げました。それから、よくよく目をこらすと、網が——そうです。まぎれもなく、アイの家の、つぎはぎだらけの借り物の網が、頭の上いっぱいに広がっているではありませんか。

「父ちゃんの舟が、来てるんだ」

と、アイは、さけびました。

「父ちゃん母ちゃん、網でひき上げておくれ。私達を、助けておくれ」

アイは、かけ出しました。つづいて、アイの夫も、お姑さんも、アイのあとを追いました。

ゆらゆらゆれる、緑色の水の中を、三人は、両手を広げて走り続けました。

こんぶの森を通りました。サンゴの林も、わかめの野原も通りました。

網は、どんどん大きくひろがって行き、海全体を、すっぽりと、おおいつくして行くようでした。

お昼をすぎて、ゆうぐれが近づいて、海の底にさしこむ陽の光が緑から、紫に変わる頃、三人の体は、いきなりふうっと、浮き上がりました。まるで、三匹の魚のように。

三人は、網をめがけて、のぼって行きます。両手をひろげて、ゆらゆらと、のぼって行きます。

アイの母親のやさしい声が、おいで、おいでと呼んでいます。もうすぐ、もうすぐなのです。

花の家

ある大きな町のまん中に、大きなおやしきがありました。

おやしきのまわりには、ひとめぐりするのに十五分もかかるほどの長いへいがめぐらされていて、へいの中には、木立ちが、うっそうと生い茂っていました。いかめしい鉄のとびらをくぐると、白い飛び石が、どこまでもどこまでも続いていて、そのつきあたりにやっと、家のあかりが、ぽつんと見えるのでした。

その家には、とても年とったおじいさんが、とても若いお手伝いさんと、たったふたりで住んでいました。

おじいさんの年は、もうすぐ百に手が届きそうでした。あんまり長生きしたおかげで、奥さんも、むすこも娘も先に死んでしまって、身よりは、この世にひとりもいないというのが、おじいさんの口ぐせでした。

「親身になって世話してくれるのは、あんたひとりだよ。わたしは、あんたを、ほんとうの孫か曽孫《ひまご》みたいに思っているよ」

おじいさんは、お手伝いの少女に、よくそんなふうに言いました。

この少女は、やっと十六になったばかりでしたが、たいへんな働き者で、おじいさんの世話はもちろん、買物も、洗濯も、そして、広い家のそうじから、庭の手入れまでひとりでしました。十六やそこらの、遊びたいさかりの娘が、いったいどうして、そんなたいくつで、苦労の多いおやしきで働いていたかといいますと、この少女もやっぱり、身よりのないさびしい身の上で、そして何よりも、木や花が好きだったからです。

おじいさんの庭には、たくさんの木と花がありました。

春になりますと、池のまわりには、モクレンの白い花が、ふっくりと咲き、その花びらが、ほとほとと散るあたりに、ルリヒナギクの小さな青い花が咲くのでした。それから、雪柳が咲き、ライラックが咲き、チューリップや、すみれが咲きました。少女は、おじいさんといっしょに、縁側にすわって、花たちや、庭にやって来る蝶をながめるのが好きでした。そうしていますと、もう時間が止まってしまって、どこか、たとえようもなく美しい別の世界に、とっぷりとこもっているような、そんな気分になるのでした。

ところが、ある日のこと、うたたねから目ざめて、庭の花を見やりながら、おじいさんはふっと、こんな事を言いました。

「私はこの庭に、黄金を、どっさり埋めておいたよ。世間の人間は、この広い土地や家のねうちを、あれこれとりざたするけれど、そんなものは、結局、消えてしまうものでね、私の一番大切な財産は、その黄金だ。私が死んだら、それをみんな、あんたにあげよう」

「………」

少女は、あっけにとられて、おじいさんを見つめました。思わず、「え？」と、聞きかえしましたが、その時おじいさんはもう、いつものうっとりした表情で、遠い遠いところを、ながめているばかりでした。

それから何ヶ月かあとに、おじいさんは死にました。まるで、枯木がたおれるように、静かにゆっくりと、息をひきとったのです。

少女は、泣く泣くお葬式のしたくをしました。

すると、その翌日——

驚くほどおおぜいの人々が、このおやしきに、どっとおしかけて来たのです。おじいさんの曽孫だという立派な紳士が三人、それぞれお嫁さんと子供たちをつれてやって来ました。それから、遠くに住んでいるおじいさんのいとこだのはとこだの、姪《めい》だの甥《おい》だの、そのまた子供だのが集まって来て、たちまちのうちに、古い家は、あきれるほどにぎやかになったのでした。盛大なお葬式がだされたあと、人々は、奥の一室に集まって、長い長い会議をひらきました。それは、おじいさんが残して行った財産を、どう分けるかという相談でした。会議は何時間も続き、そのすえに、おやしきの土地はもちろん、家具も調度も、骨董品も、壁

花の家

の絵も、がらくたの果てまでが、誰彼の手にわたって行きました。

広い土地は、三人の曽孫が、わける事になりましたが、三人とも、遠いところに、それぞれ自分の家を持っていましたから、土地を売ってそのお金を三人でわけるという事に話が決まりました。町のまん中にある広い土地です。買手はすぐにつきました。大きな土地会社が、そっくり買い取って、そこにマンションをつくる事に決まったのです。

こうして、おじいさんが死んだあと、まるで、つむじ風がさらって行ったみたいに、家の中はからっぽになり、お葬式に集まった人々も、潮が引くように、ひきあげて行きました。お手伝いの少女も、おやしきを出て、近くの工場で働く事になりました。

いよいよ、おやしきをはなれる日、少しばかりの荷物をまとめると、少女は庭に下りて、木や草や花たちに別れを告げました。そして、白い飛石を、コツコツとわたって、いかめしい鉄の門をくぐって、おやしきを出たのです。


それから又、何ヶ月も過ぎました。

ある寒い晩のことです。

小さなアパートの一室で、うとうとと眠りかけていた少女は、だれかが、どこか遠くで一生けんめい自分を呼んでいる声を聞きました。

——ねえねえ、助けて
それは、小さな子供の声でした。まるで、ふぶきの中で助けを求めるように、泣きさけんでいる声でした。

「ええ？」

思わず大きな声をあげて、少女は、はねおきました。

けれども、もう何も聞こえません。

ガラス窓から、月の光が、しとしとと、少女のふとんの上におちているだけでした。ああ、夢をみたんだと、少女は思いました。

ところが、次の晩もその次の晩も、ふしぎな子供の声で、少女は、目をさましたのでした。

その声は、しだいに大きくなり、声の数も、どんどんふえてゆくように思われました。

——ねえねえ、助けて
——息ができないよ
——早く、おやしきに来てちょうだい。

「おやしきに？」

と、少女は、くりかえしました。あの人手に渡ったおやしきに、一体何が残っているというのでしょうか……その夜、少女は、長いこと眠れませんでした。

翌日、工場の仕事が終ってから、少女は、おやしきに行ってみました。

ほんの数ヶ月のあいだに、おやしきの木々は、すっかり切りたおされていました。美しかった花々も刈りとられて、そのあとには、ブルドーザーが、はげしい音をたてて動きまわっていました。おじいさんと住んだ古い家は、あとかたもなくこわされて、家のうしろにあった大きなモミの木が、たった一本、以前のままの姿で残っているだけでした。

そのモミの木を見たとたん、少女は、泣きたくなりました。思わずかけよって、木の幹を、とんとんと、たたいてみました。すると、おじいさんと一緒に、この木の下に、クロッカスを植えた日の事や、おじいさんから聞いた様々の花の物語が思い出されて来ました。

「おじいさん……」

少女が、そっと呼びかけた時です。

――ねえねえ、助けて

――早く別のところへつれて行って

――この庭は、もうすぐ、コンクリートで、ぬりかためられるの

花の家

――そうしたらもう、あたし達、おしまいなの。まぶしい日の光をあびる事も、やさしい雨にうたれる事も、涼しい風といっしょに歌う事も、できなくなるの
――そうして、死んでしまうの
足もとの土の中から、はっきりと、あの声が聞こえて来たのです。

「だれ？　だれなの？」

そうさけぶと、少女は、そこにおちていた棒きれで、土をほってみました。力をこめて、いっしょうけんめいほりました。

すると、土の中から、たくさんの球根が出て来たのです。

全部水仙でした。みごとな黄色い花を咲かせる水仙の球根でした。

たちまち、少女の胸は、よろこびでいっぱいになりました。なつかしい肉親に、やっと出会えたような、そんな思いに満たされました。

ああ、これが、黄金だったのだ……おじいさんの贈りものは、これだったのだ……。少女は、球根を、両手にすくいとって、その場にいつまでもすわっていました。

少女は、自分のアパートのベランダで、水仙を育てようと思いました。小さなベランダに、あふれるほどの黄色い花を咲かせて、昼は、道ゆく人達に、春のよろこびをわけてあげよう

と思いました。夜は、その黄色い花あかりの中で、ひっそりと、おじいさんの事を考えようと思いました。

「あたしが、立派に育ててあげるわ。お日様にも雨にも、やさしい風にも会わせてあげるわ。そうして、毎年毎年、新しい花を咲かせてあげるわ。花は、どんどんふやして行って、いつかこの町じゅうが、黄色い水仙で埋まるようにしてあげるわ」

少女がそう言った時、その手の中の泥まみれの球根は、ほうっと金色に輝いたように思われました。

ある雪の夜のはなし

雪の野原に、夕日がしずみました。

遠い地平線は、ほのかなばら色から、うすむらさきに変わり、モミの木の真上に、星がひとつ光りました。星は、ふるえるようにまたたきながら、みわたすかぎりの白い野原を、じっと見おろしていました。

風のない、寒いばんでした。空には、次々と新しい星が光りはじめましたが、その中で一番大きくて一番明るくて、一番美しいのは、やはり、はじめに出た星でした。けれども、その星を見上げる人は誰もいません。野原には、人っこひとり、家一軒ありはしませんでしたから。

この野原の一本道を、夜ふけに、トラックが一台通りました。トラックは、灰色の幌をかけて、タイヤのチェーンを、ちりちり鳴らしながら走って行きました。

「ふうっ、さむっ」

毛皮の帽子をかぶった運転手の男の人が、白い息を吐きました。

「あとひと息だ」

助手席の男の人が、はげますような声をあげました。たばこの火が、ぽちりと赤くともっていました。

この時、トラックは、がたんとゆれて、そのひょうしに、灰色の幌の中から、りんごがひとつ、ころげ落ちました。

そうしてトラックは、そのまま遠い町へと走り去って行きました。

一面の雪野原の上で、ひとつぶの赤いりんごは、じっと空を見ていました。なんてつめたくて、がらんどうの場所に、自分は落ちてしまったのだろうと思いながら。

この時です。

「りんごさん」

ふいに、誰かが呼びました。よくひびく、澄んだ声でした。小さな銀の鈴のような声でした。

「りんごさん、さびしいねえ」

と、その声は又言いました。

「ええ、さびしいわ」

と、りんごは答えてから、いったい誰が自分を呼んだんだろうかと考えました。が、この時、モミの木の上の星が、ひときわ大きくまたたいたので、りんごはすぐ気がついて、

「あら、お星さまなの」

と、うれしそうに言いました。それから、とても大きな声で、

「あたしは、あなたを知ってるわ」

と、呼びかけたのです。りんごは、昔っからの知りあいに出会ったようにうれしくなって早口に続けました。

「ずうっと前から知ってるわ。あたしが、母さんの木に実っていた時から。ううん、その前の白い花だった時から、あたし、毎晩あなたを見ていたわ」

「それは、うれしいなあ」

と、星は言いました。それから
「でも、あっちこっちに果樹園はたくさんあるし、りんごの木もたくさんあるから、だから、ぼくはあなたが、どの果樹園のどの木にみのったのか、わるいけど知らないんだよ」

「あたし、果樹園のりんごじゃないわ」

「ふうん。それじゃ、どこのりんごなんだろう」

「丘の上の一軒家の……ねえ、そこから見えるでしょう？　ずっとずっとむこうに、軒のひくい、古いきたない家が、その家の庭に、びっくりするほど立派なりんごの木があるでしょう？」

ある雪の夜のはなし

星は、うんうんと、うなずきました。

「それが、あたしのみのった木なの。ここらのどの農家にも、どの果樹園にもないほどいい木なのよ。甘くて立派なりんごが、どっさりとれる木なのよ。ところが、その木のもちぬしときたら、これはまた、びっくりするほど貧乏で、毎日おかゆをすすって暮らしていたの。着るものだって、ほとんど一枚きりだし、へやをあたためる薪《たきぎ》も、持っていなかったの」

「それはまた、ずいぶんひどい暮らしをしていたんだねえ」

「ええ。小さな家に、五人の子供と、おばあさんが住んでいたわ。子供達の父親は、もう亡くなっていて、母親は、どこか遠くに働きに行っていたけれど、めったにお金を送って来なかったの。そんなわけで、おばあさんは、ひとりで内職をして、やっと子供達に、おかゆを食べさせていたの。それでも、あんまり暮らしが苦しいから、ある日のこと、庭のりんごを、近くの果樹園に売る事にしたの」

うんうんと、星は、うなずきました。そうして、野原のずっとむこうの、丘の上の小さな家をみつめました。どっさりの雪の重みで、その家は、今にもつぶれそうでした。庭のりんごの木にも、枝がたわむほどの雪が積《つも》っていました。

「果樹園の主人は、そのりんごを、どんなふうに買ったかというとね。木一本分で、いくらというふうに、値段をつけたの。つまり豊作の年も、不作の年も、同じだけのお金を払う事にしたの。そして、りんごの木の消毒も、りんごに袋をかける事も、りんごを箱につめる事も、果樹園の人が、やって来てしたけれど、そのかわり、木にみのったりんごは、ひとつ残らず果樹園のものだという事になったわ。けちんぼの果樹園の主人は、おばあさんと子供達に、ようく言い聞かせたの。

——庭のりんごは、ひとつだって、とってはいけないよ。あの木はもう、お前たちのものじゃなくなったんだから。

子供達は、悲しそうな顔をしたわ、ふくれた子もいたわ。泣き出した子もいたわ。これを見て、あたし達、声をそろえて、こう言ったの。

——風さん、風さん、ゆすってちょうだい

風さん、風さん、おとしてちょうだい

そうしたら、遠い山の方から、風が吹いて来て、思いっきりはげしく、木をゆすったの。よく熟《う》れた仲間が、いくつもいくつも落ちて行ったわ。そこで、あたし達、木の上で歌ったの。

——落ちたりんごは、だれのもの

落ちたりんごは、だれのもの

この歌声が聞こえると、おばあさんは、庭に出て来て、ちょっと伸び上がって、下の道を見て、まだ果樹園のトラックがやって来そうもないのをたしかめてから、落ちたりんごを、ひろったの。そうして、それをこっそり台所に、かくしておいて、夜になると、子供達に、食べさせたの。いいりんごは、生のまま、いたんだりんごは、コトコト煮て、煮ながら、あすは、もっとたくさんのりんごが落ちますようにって、そう祈ったの。そうしたら、次の日には、もっとはげしい風が吹いて、もっとたくさんのりんごが落ちたの」

「なるほど。でも、あなたは、とうとう、落ちずじまいだったんだね」

「ええ。あたしは、よく熟れていなかったから、いくら風が吹いても、うまく落ちる事ができなくて、そのうちに、ほかの仲間といっしょに果樹園の人に、とられてしまったの。それから、長いこと果樹園の倉庫で眠っていて、目をさましたのは、けさだったわ。箱につめられて、トラックにのせられて、ああ、どこか遠くの町へ行けるんだってそう思ったら、心が明るくなったわ。

ところが、どうでしょう。とちゅうで、こんな所に落ちてしまうなんて。誰にも食べてもらえずに、雪にうもれて行くなんて……あたし、もうこのまま凍ってゆくだけよ。そうして、

ある雪の夜のはなし

雪がとけたら、くさってゆくだけよ」

「あなたは、だれかに、食べてもらいたいの？」

「そりゃそうよ。こごえて死んだり、くさって死んだりするなんて、悲しい話だわ。あの丘の上のかわいい子供達に食べてもらえたら、どんなにうれしかったでしょう。そうして、種を土にうめてもらえたら、もっとうれしかったわ。あたしはいつか、一本の木になる事ができたもの」

そこまで言って、りんごは、ほっと溜息《ためいき》をつきました。丘の上に実っていた頃の事が、なつかしく思い出されました。それから
「ねえねえ、お星さま」

と、呼びかけたのですが、星の返事は、もう聞こえなくなりました。雲が出て来て、星をかくしてしまったんです。ああ、また雪がふるのかもしれないと、りんごは思いました。りんごは、遠いモミの木を見上げながら、トラックで運ばれて行った仲間達の事を考えました。見た事もない明るい大きな町の事を思いました。丘の上のおばあさんの家の、だるまストーブと、その上で、コトコト煮えていたりんごジャムの事を思いました。そうして、いつか、うとうとと眠ってしまったのです。

いくつもの短い夢をみながら、りんごは、どれほど眠ったのでしょうか。

凍りついた雪を、さくさくとふみしめながら、誰かが近づいて来ました。その人は、りんごのすぐそばまで来ると、澄んだ声で、よびかけました。

「りんごさん、りんごさん」

銀の鈴のような声でした。

りんごは目をさましました。すると、その時りんごはもう、持ちあげられていたのです。手袋をしていない、白いやさしい手に。

「あなたはだれ？　一体、どこから来たの？」

りんごは、まぶしそうにたずねました。それが、あんまりきれいな少年でしたから。

少年は、髪も目も、青いのでした。そして着ている服も、つゆ草の花のような色をしているのでした。

「ぼく星だよ」

と、少年は、言いました。

「さっきの星だよ。たった今、空からおりて来たんだ。あなたを食べたくて」

「あら」と、りんごは笑いました。

「ほんとかしら。星が、おりて来るなんて、りんごをひろって食べるなんて、そんな事があるのかしら」

少年は、そっとうなずいて、ポケットからナイフを取り出して、りんごをむきはじめました。りんごの皮は、長く長く伸びて、雪の上に届きました。丘の上のおばあさんが、よくやっていたみたいに。

りんごは、きゃらきゃらと笑いました。

「おかしいかい？」

「おかしいわ。星がりんごをむくなんて」

星の少年は、むきたてのりんごを、ゆっくりと食べました。心をこめて、しんまで、きれいに食べました。

最後に、黒い種が、五つぶ残りました。

少年は、その種を、そっとにぎって、にぎった手を耳に当ててみました。

すると……種の中からりんごの声が聞こえて来ました。

「お星さま、お星さま、あたしを空へつれて行ってちょうだい」

ある雪の夜のはなし

少年は、ほっと笑いました。

「いいとも。あなたは、今度は天で一本の木になるといいよ」

少年は、りんごの種に、あたたかい息を吐きかけました。

それから少年は、歩きはじめました。

遠いモミの木にむかって。いいえ、そのむこうの地平線にむかって。そして、そこから天に続く目に見えない階段にむかって……

この夜のできごとを知っている人は、誰もいません。みわたすかぎりの雪野原には、赤いりんごの皮が、ほそくうずまきながら、落ちているだけでした。

小鳥とばら

ある春のまひる——

若葉と花のにおいのあふれる小道で、ふたりの少女が、バドミントンをしていました。ひとりは、背の高い大柄な子でした。ひとりは、やせた小さな子でした。けれどもふたりは、おないどしでした。

バドミントンの白い羽《はね》は、大きな子のラケットにぶつかると、まるで嵐にとばされる小鳥のように、勢いよくとんで行き、小さい子のラケットにぶつかると、春風にのった花びらのように、ふわりとはね返りました。

「ほら、しっかりしてよ！」

高すぎる羽を、小さい子が、うけとめそこねるたびに、大きい子はどなりました。小さい少女は、思いきりとびあがり、力いっぱいラケットをふるのでしたが、まるで、つばめのような速いたまを、幾度も受けそこなうのでした。そうして、何度目かに、大きい少女の打った羽が、右手の生垣《いけがき》の中に、勢いよくとびこんでしまった時、大きい少女は、

「ほら、ごらんなさい」

と、小さい少女をにらみました。

「とうとう、よその家に入っちゃったじゃないの。あれ、新しい羽なのよ。きのう、買った

小鳥とばら

ばっかりなのよ」

小さい少女は、だって……と言いかけて、そのまま黙りました。自分の言い分を、うまく説明する言葉が、とっさに出て来なかったのです。そうして、しばらく黙っているうちに、悪いのは、やはり自分のような気がして来て、

「ごめん。あたし、とって来るから」

と、生垣にそって歩きはじめました。この家の門か裏木戸を、さがすために。

ところが、濃い緑の生垣は、どこまでも続いていて、切れ目がないのです。進んでも進んでも、小さなしおり戸ひとつありはしないのでした。これはいったい、どういう事だろうと、小さい少女は思いました。少女は、これまで一度も考えた事はなかったのです。その高い生垣に囲まれたおやしきが、いったい誰のものなのか。

(何だか、気味が悪いわ)

そう思った時、少女はやっと、足もとに、小さな破れ目をみつけました。それは、子供ひとりが、ちぢまって、やっとくぐれるほどの穴でした。

(ひょっとしたらあたし、ここから入れるかもしれない)

小さい少女は、しゃがんで、両手を地面について、生垣の中に、そっと首をつっこみまし

た。それから、ちょっと肩をすぼめて這い進むと、少女は、まるで一匹の猫のように、するりと、生垣の内側に入る事ができたのでした。

ふしぎな庭にもぐりこんだ小さい少女は、生垣の内側にぺたりとすわって、この別世界を見つめました。

こんなにあかるくまぶしい春のま昼に、その庭だけは、海の底のようでした。庭の中には、木々が、うっそうと生い茂り、緑のこけが、地面をおおっていました。それは、庭というよりも、静まりかえった大きな森でした。そして、「家」らしいものは、どこにも見あたらないのでした。少女は、不安になりました。早く羽を見つけて、外へ出たいと思いました。そこで、そっと立ちあがると、垣根にそって、歩きはじめました。

(たしか、ここらへんだ)

少女は、歩きながら、羽をさがしましたが、白いものが落ちていると思うと、散ってしまったモクレンの花びらでしかありません。

「みつかった?」

生垣の外で、大きい少女が、たずねます。

「まだよ」

小さい少女は、そう答えて、おかしいなと首をかしげます。

たしかに、このあたりに落ちたのに……

そうして、ふいと顔を上げた時――少女は、少し離れた椿の木の小枝にひっかかっている白い羽を見たのでした。

「あった、あった、あんなところ……」

小さい少女が、そうさけんだ時、木の枝の羽が、ぴくりと動きました。風が吹いたのだと、少女は、思いました。ところが、羽は、地面に落ちるかわりに、宙にとびあがったのでした。

(え?)

少女は、自分の目を疑いました。バドミントンの白い羽は、まぎれもない一羽の小鳥になって、空をとんでいるのです。庭の奥へ奥へと、消えて行くところなのです。

(うわあ)

小さい少女は、声にならない声をあげると鳥になってとんで行くバドミントンの羽を追いかけはじめました。

(待って、待って、どこへ行くの……)

少女は、ふっとめまいがしました。ああ、だれかが、私に魔法をかけてる。たしかにそう

小鳥とばら

だ……急いで帰らなきゃ……

そう思いながら、少女は、自分の足を止める事ができません。少女の足は、あやつり人形の足のようでした。

どれほど走ったでしょうか。気がつくと、その広い森の中は、ばらの花ざかりでした。いくつもの大輪の紅ばらが、風にふるふるとふるえていました。その上では、蜜蜂が、うなっていました。

ふしぎな白い小鳥は、花と木々のあいだを、高くなったりひくくなったりしながら、とんで行くのです。少女は、目を大きく見開いて、鳥を見失うまいとします。

ところが、とつぜん、ダーンと、あたりにとどろく銃声が聞こえて、とんでいた鳥が、ぱたりと、こけの上に落ちました。

一瞬、足がすくんで、少女は、その場に棒のように立ちどまりました。

(鳥が撃ちおとされた……あれは、バドミントンの羽のはずなのに……血なんか流して……)

撃ち落とされた小鳥の胸から、ひとすじの赤い血が流れているのを、少女は、おそろしさにふるえながら、ながめていました。

と、ざわざわと緑の枝がゆれて、少女の目の前に、ひょいと、ひとりの少年が、あらわれました。少年は、青いセーターを着て、青いズボンをはいて、鉄砲を持っていました。重く、黒光りする鉄砲と、ひよわそうな色白の少年は、いかにも、不つりあいでした。それでも、とんでいる鳥を、一発で撃ち落とした腕前のみごとさに、少女は、まだ驚いていました。

「あなたが撃ったのね、この鳥」

少女は、小さな声で、たずねてみました。すると少年は、白い歯を見せて、とくいそうにうなずきました。

「すごいのね」

少女は、こけの上の白い鳥を、まじまじと見つめました。すると少年は、かがんで、ひょいと、その鳥の足をつかむと、いかにもたのしそうに言ったのです。

「いっしょに食べるかい?」

何を?と、少女は、目で聞きました。すると少年は、ぶら下げた小鳥を、高々とあげて、

「この鳥、そりゃうまいんだ。ぼくの母さんが、パイに入れてくれるから、食べるかい?」

そう言うと、もう背中をむけて、歩きはじめたのです。そのあとを追いかけながら、少女は、ちがうのに、ちがうのにと、心の中で、さけびました。それは、ちがうのに……バドミントンの羽なのに……

けれども、少女の足は、やっぱり、あやつり人形の足なのです。ふしぎな力にひっぱられて進むのです。

「ここは、あなたの家なの？」

歩きながら、少女は、たずねました。

「そうだよ。お母さんと住んでるんだ」

鉄砲をかついで、前を歩きながら、少年は答えました。

「でも、一体どこに家があるの？」

あきれたように少女がたずねますと、少年は、

「この森をぬけて、すぐだよ」

と、答えるのでした。まあ、それにしたってと、少女は思います。こんな広い森ひとつが、あの生垣の中に、すっぽり入っていたなんてそんな事があっていいものでしょうか。

森の中には、小川が流れていたり、ひとかかえもあるイチョウの大木があったり、みごとな築山があったりするのです。道すじに、散ったばらの花びらを見つけると、少年は、それをひろいながら、こう言います。

「ばらの花びらも、いっしょに入れて焼くと、おいしいんだよ」

「まあ、ほんと？」

少女は目を輝かせました。そんな話は、はじめて聞きましたが、少年がつぶやくと、みんな、ほんとの事に思えました。少女は、こけの上の、つややかな紅ばらの花びらを、幾枚もひろっては、ポケットに入れました。そうしながら、少女の心は、だんだん明かるくはずんで来たのです。

小鳥とばらを、パイに入れたら……ああ、きっと、春の森みたいな食べ物ができるわ！

少女は、小鹿のようにとびながら、

「あたしねえ」

と、少年に話しかけます。

「体が小さくて、運動がへたで、気が弱くて、ほんとに、どうしようもない女の子なのよ」

すると少年は、肩をゆすって笑いました。

「いいさ、いいさ、そんな事。パイを食べれば、けろりとなおるさ」

ああ、そうかもしれないと、少女は思います。ほんとに、そうかもしれない。ふしぎなパイを食べたら、あたし、きっとすてきな女の子になれるわ。

少女のほほは、輝きました。

「早く食べたいわ。どこにあるの、あなたのおうち！」

そうさけんだ時、少女のゆくてが、ぱっとあかるくなりました。森が、終わったのです。そして、広い芝生に出たのです。

芝生のまん中に、小さな古い家がありました。家の前には、れんがで出来た炉がありました。炉の前には、木で出来た大きなテーブルがありました。そしてテーブルの上には、輝く銀の料理道具が——いくつものボウルや包丁やナイフが置かれていて、その前に、少年にそっくりの顔と体つきの女の人が立っているのを、少女はみつけました。長い髪と長いスカートを、こまかくふるわせながら、その人は、粉をふるっていました。ふたりが近づいて行くと、その人は、少し笑って、こう言いました。

「さあ、小鳥とばらを、ここに出してごらん」

テーブルの上には、銀のパイ皿がありました。パイ皿には、うすくのばされたパイの皮が、敷かれていました。少年は、少しもためらわず、その上に、ばらの花びらをならべ、花びらの上に、死んだ小鳥を置きました。そこで、少女もポケットから、ばらの花びらをとりだすと、それで小鳥をおおいました。

静かで美しい儀式——

死んだ小鳥は、たくさんの赤い花びらにすっかりおおわれて、ふと、しあわせそうでした。

こうして、「パイの中身」が、できあがると、少年の母親は、それを、もう一枚のまるいパイの皮で、すっぽりとおおいました。そうして、そのあとは、ほかのどんなパイとも同じつくりかたです。フォークで表面に、いくつもの穴をあけ、たまごの黄味を、たっぷりと刷毛でぬりつけ、そして、オーブンへ――

レンガの炉の上の古びたオーブンは、もうすっかり熱くなっていました。

パイの焼けるまでの時間を、少女は、無邪気に蝶を追って遊びました。まるで、少年の母親の小さな娘になったように……

そうして、どれほど時間が過ぎたでしょうか。

「さあ、おあがりよ。小鳥とばらのパイの出来あがりだよ」

耳もとで、いきなりそんな声を聞いて、少女は、蝶を追うのをやめました。少女のすぐうしろには、少年が立っていたのです。出来たてのパイのお皿を、ささげるように持って、やさしさと不安の入りまじった茶色の目で、じっと少女を見つめながら。

こんがりと焼けたパイは、バターと、ばらの匂いがしました。ふっと、少女は、めまいがしました。少女は、ものも言わずに、少年のお皿から、パイをつかみ取ると、口へ運びました。どうしてこんなにがつがつと、お行儀悪くものを食べるのか、少女は、自分でもわかりません。そのくせ、そのパイは、一口食べたらもう最後まで、やめる事はできないのでした。

小鳥とばらのパイを、すっかり食べ終った時、少女の胸の中には、美しい春の森がひとつできたようでした。

少女は、草の上に、ぺたりとすわって目をつぶりました。この時です。

「眠っちゃいけない！」

と、少年が、耳もとでささやきました。

「え？」

少女が目をあけると、少年は、こう言いました。

「早くにげるんだ。さっき通って来た森の道を、逆もどりして、どんどんにげるんだ。そうして、生垣の穴から、一気に外へとびだすんだ」

「どうして……」

ふしぎそうにたずねる少女の耳もとで、少年は早口にささやきました。

「これは、母さんの魔法だよ。小鳥とばらのパイを食べて、そのまま眠ってしまった女の子は、ばらの花になってしまうんだ」

小鳥とばら

「……」

「でも、ここからにげだして、かきねの外へとび出せば助かるよ。それどころか、君は、小鳥みたいにあかるくて、ばらの花みたいにきれいな女の子になれるよ。ね、どっちがいい?」

女の子は、青ざめて立ちあがりました。

「さあ早く。母さんは今、家の中で眠っているから、今のうちだ。君が無事に外に出られるように、ぼくはここで、いっしょうけんめい、おまじないをしてあげるから」

少女は、大きくうなずくと、かけだしました。まるで、一匹のうさぎのように、少女は走りました。すると、森の緑が、ぐるぐるまわります。花をつけた幾本ものばらの木が、かん高い声で笑います。

(いやだ、いやだ、ばらが告げ口する……)

少女は、小川をとびこえ、いちょうの大木の下を、くぐりました。地面のこけは、ビロードのようで、幾度も、ころびそうになりました。そのたびに少女は、ああ、あの人が呪文をかけていると思うのでした。すると、自分の体が、ばらの木に変わって行くような気がしました。体が、だんだん固くなって、そのくせ、髪の毛だけは、いい匂いがして……

さあ、急げ、急げ……

まるで、ばらの枝のようになった足で、少女は、走り続けます。そうしてやっと、森をぬけだした時、つきあたりに、見おぼえのある生垣と、あのなつかしい小さな穴が見えました。

(ああ、たすかった……)

生垣を、くぐりぬける時、少女の目に、少年の青いセーターが、ふっとうかびました。

「おそかったのね」

小さい少女の目の前に、ラケットを持った友達が、立っていました。

「いったい、何してたの?」

大きい少女は、とても意地悪な目で、小さい少女を、にらみました。けれどもこの時、小さい少女は、自分のほほがばら色で、目がうるんでいて、はだが、とてもつややかになっている事を、鏡を見ないのに、知っていました。

「羽は、あったの?」

そう聞かれて、小さい少女は、はずんだ声で、楽しそうに答えました。

「あったわ。でも、私が食べてしまったわ」

それから、小さい少女は、友達を、おいてきぼりにして、かけだしました。

走りながら、小さい少女は、自分が、ばらの花のようにきれいになって、小鳥のようにあかるくなった事を、はっきりと感じていました。

ふしぎな文房具屋

ある町に、小さな文房具屋がありました。

それは、本当に、小さな店でした。

入り口は、ほんの二枚のガラス戸、中は、お客三人でいっぱいになってしまいそうな広さ。

そして、店の中には、まるいめがねをかけたおじいさんが、いつも、ひっそりと店番をしているのでした。

けれども、これでなかなか、この店は有名だったのです。一部の子供達のあいだで。それから、一部のおとな達のあいだで、ひそかにひそかに有名でした。なぜなら、この店には、変わった品物ばかりが置いてあったからです。

たとえば、ほんものの花のにおいのする（決して香料ではありません）鉛筆。虹から色をもらった絵の具、書いたものが、ほんもののように見えるクレヨン、ふたをあけると、小鳥の声が聞こえてくる筆箱、壁のむこうがわが見える虫めがね、何でも消えるけしゴム、そして、何でも吸いとってくれるすいとり紙……

こんな品物をならべて、それが売れても売れなくても、店の主人のおじいさんは、店の奥で、じっと新聞を読んでいました。

学校がおわるお昼すぎから、お客は、ぽつりぽつりやって来ます。子供のお客にまじって、時々、おとなのお客もやって来ます。そして、夕方暗くなると、お客は、ほとんど誰も来なくなります。すると、おじいさんは、店のガラス戸をしめて、かぎをかけて、内がわに、黒いカーテンをさあっと引いて、それから、店のあかりを消します。すると、文房具屋の店は、すっぽりと、くらやみに、のまれてしまいます。

さて、ある冬の日暮れどき、おじいさんが店をしめようとするころに、ひとりの女の子が、やって来ました。女の子は、みぞれにぬれていました。とても寒そうで、とても悲しそうでした。

「ごめんください」

女の子は、店のガラス戸をがらりとあけてころがるように、とびこんで来たのです。そして、早口に言いました。

「何でも消えるけしゴムください」

「はいはい」

と、おじいさんは、たなの上の箱の中から、黄色いけしゴムを、ひとつ取りだしました。

「はい、百円ですよ」

すると、女の子は、聞きました。

「これ、ほんとに、何でも消えるけしゴムね」

「はいはい、何でも消えますよ。絵の具でかいた絵も消えます。クレヨンでかいた字も消えます」

するると、女の子は、目を大きく見ひらいて、

「私の心の悲しみも消える？」

と、たずねました。

「はい、消えます」

「ほんとう？　とっても大きな悲しみなのよ」

するると、おじいさんは、大きくうなずいて、おごそかな声で、

「はい、どんな悲しみでも」

と、答えました。急に、女の子は、早口になりました。

「ほんとかしら。だって、私の猫が、死んだのよ。四年も育てた大事な猫なのに、病気になって毛がぬけて、とてもきたならしくなって死んだの。それはそれは、きれいな猫だったのに……。私は毎日、いっしょに遊んで、いっしょにおやつ食べて、いっしょに眠っていたの。私の妹だと思っていたのに、もう死んで、ぴくりとも動かなくなったのよ」

ふしぎな文房具屋

こんな大きな悲しみが、かんたんに消えるものかしらという顔つきで、女の子は、おじいさんを見あげました。すると、おじいさんは、言いました。

「それは、黒い猫でしょ。しっぽが長くて、目が、エメラルド色の猫でしょ」

女の子は、びっくりしました。

どうしてこの人、私の猫のこと、知ってるのかしら……。けれども、おじいさんは店のなかから、さっさと画用紙を一枚とりだしました。クレヨンの箱から、黒いクレヨンと、緑のクレヨンをとりだしました。そうして、画用紙に、さらさらっと、猫の絵をかいたのです。

それを見て、女の子は、ますます驚きました。

「私の猫とそっくり。ううん、これ、私の猫だわ。しっぽのかたちも、目の色も、これ、私のミミだわ」

けれど、画用紙に描かれた黒猫は、病気でした。黒い毛は、ぬけおちて、緑の目は、とろんと、にごっていました。それは、病気で死ぬ前の猫でした。

「消して！　その絵、消して！」

ふいに、女の子は、さけびました。

「早く消して！　見ていると、悲しくなるわ」

おじいさんはうなずいて、黄色いけしゴムで、さあっと絵の上を、こすりました。すると、猫の絵は、きれいに消えました。そしてそのかわりに、画用紙は、いちめん、水仙の花がらになったのです。小さな黄色い花々が、びっしりと、画用紙を、おおいつくしていました。花びらは、みんな、みずみずしくて、いい匂いがしました。

「花の匂いまでするのねえ……」

女の子は、うっとりと、つぶやきました。

「そう。水仙の匂い。これはね、何でも消えるけしゴムです。そして、消えたあとに、かならず水仙の花がうかぶけしゴムですよ。この花見ていると、あんたの悲しみが、だんだん消えて行く……ほうら、消えて行く、消えて行く……もう悲しくなくなって行く……」

女の子は、目を近づけて、画用紙の水仙の花を見つめました。すると、この花の下に、死んだミミが眠っているように思えて来ました。匂う花に埋もれて眠るミミは、もう、苦しそうには、思えませんでした。

「ミミ」

思わず、女の子は、呼んでみました。

「ミミ」

するとどうでしょう、画用紙の中から、かすかに猫の息が、聞こえたではありませんか。女の子は、自分の猫の寝息を、よく知っていました。それは、小さなすきま風ににていました。そのくせ、静かであたたかで、コーヒー茶わんから、ほのぼのとのぼるゆげのような息でした。

「ねえ、私の猫の息が聞こえるの」

女の子は、絵の中をゆびさして、おじいさんに言いました。

「ほら見て。たしかにそうよ。この水仙の花が、今、ふるえたもの」

女の子は、ひとさし指で、画用紙をこすりました。それから、とても熱心な目をして、おじいさんに、たのんだのです。

「ねえ、ほんのちょっとだけでいいの。私も、この花畑の中に入りたいの。眠っているミミに、おわかれがしたいの。ねえ、だめかしら……」

おじいさんは、しばらく考えてから、うなずきました。

「それじゃ、ほんのちょっとだけですよ。猫に会ったら、すぐに帰って来るんですよ」

そう言うと、おじいさんは、店のガラス戸をしめて、黒いカーテンを、さっと引きました。

それから、店のあかりを消しました。

「いま、したくをするからね」

店の中が、まっくらになると、おじいさんは、右側のたなにむかって歩いて行きました。たなの箱の中から、てさぐりで、虫めがねをふたつ取りだしました。

ふたつの虫めがねは、くらやみの中で、ぴかっと光りました。その光で、あたりは、ほのかに明るくなりました。すると、おじいさんは、自分のめがねをはずし、めがねのレンズもはずしました。次に、ふたつの虫めがねのレンズをはずして、めがねのわくの中に、ぴたりとはめこみました。

ふしぎなめがねができました。

くらやみの中で、光るめがねです。まるで、泉の水のきらめきを、はめこんだようなめがねです。

「ほうら、これを、かけてみてごらんなさい」

おじいさんは、ふしぎなめがねを、女の子に渡しました。

女の子は、急いで、めがねをかけてみました。そうして、又あの画用紙を見つめると……どうでしょう、女の子は、自分の体が、どんどん小さくなって行く事に気づきました。いいえ、それは、反対だったかもしれません。画用紙の方が、ずんずんひろがって行ったのかもしれません。ともかく、女の子は、ほんの一瞬のうちに、画用紙の中にとびこんで、水仙の花畑に、ひとりつくねんと、立っていたのでした。

そこは夜でした。月も星もないばんでした。

それなのに、水仙の花は、ほおっと明るいのです。まるで、花のひとつひとつに、あかりがともっているように……

「夢みたい」

女の子は、うっとりとつぶやきました。それから、小さな声で、

「ミミ」

と、呼んでみました。花の中にかがみこんで、耳をすまして、猫の寝息をさぐりました。

「ミミ、ミミ」

やがて、女の子は、少し先の水仙の花が、こきざみにふるえているのに気づきました。ぬきあし、さしあし近づいて、そおっとのぞいてみると……、ああ、そこには、まぎれもない自分の猫が、すやすやと眠っていました。

「ミミ、ここにいたのね」

女の子は、しゃがんで、ミミの背中をなでました。その毛なみは、黒いビロードのように、

つややかでした。たった今、ごはんをたっぷり食べて眠ったばかりのような、健康な猫の毛なみでした。女の子は、ミミを抱きあげました。すると、ミミは、体をぴくりとふるわせて、目をあけました。

それは、五月の若葉のような、みずみずしい目でした。

その目を、ぱっちりと見ひらいて、ミミは、女の子をじっと見つめると、小さな声で鳴きました。たちまち、女の子の心は、よろこびでいっぱいになりました。

「あえて、よかったわ……」

女の子は、ぎゅっと、猫を抱きしめようとしました。ところがこの時、猫は、女の子の腕から、するりとすりぬけたのです。そうして、花の中を、いちもくさんに、かけだしたのです。

「まって、ミミ……」

女の子は、猫を追いかけました。

猫は、時々、立ち止まってはふりむいて、エメラルドの目で、女の子を見つめました。そして又、走ってはふりむき、小さな声で鳴いてみたり、長いしっぽを、ぷるんとふるわせたりしました。

「いやだ、ふざけてるのね」

女の子は、笑いました。すると、いつか、楽しくてたまらなくなってきました。のどから、くっくっと、笑いがこみあげ、背中のあたりが、ぞくぞくするほどのたのしさ……。

それにしても、ミミの足の、なんと早いことでしょうか。

ミミは、ほんとうに、花の上をとぶ事ができるのです。風を切って、ひゅーひゅーとんで、それから、がばっと花の中にかくれて、それからまたとんで、それからかくれて、そして、ミミは、いきなりひゅーっと宙にとびあがりました。

「ミミ……」

女の子は、驚いて、思わず大声をあげました。

なんと、ミミは、夜空に、のぼって行くのです。

「ミミー、何してるの。どこへ行くのよー」

猫は、二本の前足を、まっすぐ天にむけていました。しっぽを、ぴいんと伸ばしていました。そうして、たてになって、ひゅうひゅうと、空にのぼって行くのでした。

「ミミ、待ってよー」

女の子は、両手を上げて、伸びあがりました。声をかぎりに、猫を呼びました。が、いつか猫の姿は、くらやみにのまれて、見えなくなりました。ただ、ふたつの緑の目だけが、まるでほんものの宝石のように——いいえ、磨きあげられた緑の星のように、夜空に、きらめいて見えました。

あああ……

女の子は、花の中に、くずれるようにすわりました。

「とうとう、行っちゃった」

ふっと、涙が出て来ました。その涙をふくために、女の子は、めがねをはずしました。すると、いきなり耳もとで、

「帰って来ましたね」

と、文房具屋のおじいさんの声が、大きくひびきました。あかりがつきました。

気がつくと、そこは、文房具屋の店の中でした。

女の子の目の前には、水仙の絵の画用紙が一枚おかれているだけでした。

「猫におわかれして来ましたか」

と、おじいさんが聞きました。女の子は、小さくうなずいて、涙をうかべたまま、笑いました。

おじいさんは、女の子の背中を、静かにたたいて、

「さあ、そろそろうちへお帰りなさい。すっかり暗くなりましたよ」

と、言いました。女の子はうなずいて、ポケットからお金を出して、水仙のけしゴムを買いました。

「まいどありがとう」

おじいさんは、たなの下のひきだしから、紙を一枚出して、女の子に渡しました。

「これは、おまけですよ、うちの特製のすいとり紙」

「ああ、何でも吸いとるすいとり紙ね」

「そう。何でも吸いとりますよ。インクでも、絵の具でも、あんたの涙でも」

女の子は、けしゴムとすいとり紙を、てさげの中に入れると、にっこり笑って、みぞれの中を、帰って行きました。

そのあと、おじいさんは、又、ガラス戸をしめて、カーテンをしめ、それから、店のあかりを消しました。

すると、ふしぎな文房具屋は、もうどこからも、見えなくなりました。

月の光

もう長いこと、その少女は病気でした。

病院の三階の小さなへやで、くる日もくる日も、寝たりおきたりしてくらしていました。

白い個室は、美しいものでいっぱいでした。花と千羽鶴と人形とオルゴール、それから、たくさんのカード……。けれども少女は、そういうものに、もうあきあきしていたのです。

「私は、もっとべつの物がほしいの。たとえばお友達。それから、自由。そう、たった一時間でいいわ。こっそりとこの病院をぬけだす事のできる切符を届けてくれる人がいたら、どんなにうれしいでしょう」

そんなある日のこと、看護婦さんが、ひとかかえもある大きな荷物を届けてくれました。

「はい、小包ですよ」

小包には、まちがいなく、病院の住所と少女の名前が書かれてありました。が、さしだし人のところには、たった一行、「月の光」とだけあったのです。少女は、いそいで小包をあけました。すると、中から、色とりどりの糸のたばが、こぼれて来ました。それから最後に、糸巻のような道具と、銀の編み棒が一本。

「リリヤンだわ」

と、少女はさけびました。この古めかしい手芸を、少女は知っていたのです。

糸巻きのかたちをした小さな道具の上に、くぎが五本、まるくうちつけてあります。そのくぎに、糸をぐるっとかけて、銀の棒ですくってゆきますと、いつか一本のひもが編めるのです。編む人の根気と、糸の量しだいで、そのひもは、いくらでも長くなります。小さい頃に少女は、この手芸を、おばあさんから習ったのでした。なんのことはない、ひもしか編むことのできない、子供だましの手芸でした。少し大きくなると、ふつうの編みものの方がずっと楽しくて、リリヤンの道具は、すてられてしまいました。が、今ごろになって、またあのリリヤンにあえるなんて……。

リリヤンの糸は、すべすべと、なめらかでした。赤から白へ、白から黄色へと、ぼかしながら、色を変えてゆきます。そして、その糸が、五本のくぎにかけられ、糸巻のトンネルをくぐると、まるで虹のように美しいひもに生まれ変わってゆくのです。その手品のような楽しさを思い出して、少女は、さっそくリリヤンを編みはじめました。

ところが、ほんの十分もたたないうちに、看護婦さんが顔を出しました。

「あら、そんなこまかい仕事、いけませんよ」

少女が悲しそうな顔をすると看護婦さんは、

「それじゃ、一日三十分ぐらいにしてね」

と、言いました。

一日三十分ですって！　それっぽっちの時間で、一体何センチ編めるというのでしょう。少女は、顔だけは素直に笑って、リリヤンをしまいながら、これは、ないしょでやるしかないと心に決めました。

ところが、昼間の病院は、なかなか人の出入りがあるのです。十時半には、お医者さんがまわって来ます。看護婦さんは、ちょいちょい顔を出します。十一時半にお昼。それがかたづけられると、お母さんが来ます。お見舞いの人たちが来ます。早い夕食。そのあと、お父さんがちょっと顔を出して、それからまた看護婦さん。九時に電燈を消されて、おやすみなさいのあいさつをするまで、少女は、とうとうリリヤンを出すことができませんでした。

「あああ、こんな時間まで、おあずけだなんて……」

と、少女は、つぶやきながらも、これでもうあしたまで誰も来ないと思うと、わくわくしました。

少女は、かくしておいたリリヤンをそっと取り出しました。そして、思ったのです。

今夜は、なんだか明るいなと……。

月の光

閉ざされたカーテンのむこうが、ほうっと白く明るいのです。まるでむこうがわに満開の白い花の森があるように……。

そっとベッドからおりて、窓にかけよってカーテンをあけてみますと……どうでしょう、びっくりするほど大きな月が、ゆらんと空にかかっていました。そして、その月の光をあびて、町は一面、銀色に見えました。まるで水の底に沈んでいるように、静かな町でした。

(月の光で編みましょう)

少女はカーテンをすっかりあけて、月の光を、部屋いっぱいに入れました。それから、ベッドにもどって、仕事をはじめたのです。

糸を、くるりとかけては銀の針ですくう、またかけては、すくう……。はじめのうち、ぎこちなかった少女の手は、しだいに早くなります。リリヤンの糸は、赤からピンクへ、ピンクから紫へと、色を変えて……やがて、一本のどっしりとしたひもに変わってゆきます。ひもは、どんどん長くなります。

「すてき、すてき」

少女は、ひとりで、はしゃいでいました。もう少し長くして、髪に結ぼうかしら。それとも、その倍の長さにして、ベルトにしようかしら。虹のベルトを、腰に結んだら……ああ、ひょっとして私も元気になって、走ったり踊ったり、できるかもしれない……。

そう思ったら、もう少女は、楽しくてたまらなくなりました。こうして少女は、月夜のたびに、ベッドの上でリリヤンを編んだのです。

眠らない夜が続きました。ひもが長くなるほど、少女は、やせてゆきました。そしてだんだん、ものをしゃべらなくなりました……

何ヶ月すぎたでしょう。

リリヤンのひもは、すっかり長くなって、床に届きました。けれども、少女は、まだ編むことをやめませんでした。

すると、いつの頃からでしょうか、少女の耳に、窓の外から、ふしぎな呼び声が聞こえるようになったのです。

「はやく、おいで、はやく、おいで」

と呼ぶそれは、やさしい女の人の声のようでもあり、少年の声のようでもあり、はっと気づくと、風の音でもありました。

「待って、もうすぐだから」

少女は、そう答えながら、夢中で編み続けるのです。このひもを編み終えたら、誰かに会える……そして、どこかに行ける……そんな思いが少女をせきたてます。

やがて、ひもは、五メートルの長さになりました。そして、ちょうどその時、送られて来た糸が、なくなったのです。まるで、この長さのひもを少女が編む事が、はじめから決まっていたように。

「できた、できた」

少女は、長い長いリリヤンのひものはしをにぎりしめて、ベッドからとびおりました。それから、窓へかけよって、カーテンをあけました。

目の下には、やっぱり、月の光をあびた銀色の町がひろがっていました。

少女は、体をのりだして、窓の下を見ました。

すると、そこに、ひとりの若者がいたのです。まるで、たった今、月からおりて来たような、白い美しい若者でした……

「月の光さん」

と、少女は呼びました。すると、若者は上を見て、手をあげました。

「リリヤン、やっとできたわ」

若者は、笑ってうなずきました。

月の光

「今行くから、待っていて」

少女は、長いリリヤンのひもを窓にたらし、片方のはしを、窓わくにしっかり結びつけました。そうして、ひらりと窓にのぼったのです。すると、少女の体は、花びらのように軽くなりました。

少女は、ひもをつたわって、するすると、下へおりてゆきました。

地面におりた少女と、月の光の若者は手をとりあいました。

それからふたりは、町の中をいちもくさんに走ったのです。そのうしろ姿は、ほとんどすきとおっていました。

ふたりは、どこまでもどこまでも走って行きました。そして、月が沈むころ、ふっと消えてしまいました。

星のおはじき

ポケットのなか　おはじき三つ
とってもきれいな　おはじき三つ
誰にもいえない　おはじき三つ

はじめは、そんなことするつもり、ぜんぜんありませんでした。あやちゃんのおはじきを、ほんのちょっとだけ見せてもらうつもりでした。ぬすむなんて、そんな悪いこと、ぜんぜん考えていませんでした。

それなのに、気がついたら、私は、あやちゃんのおはじきを三つ、右手にしっかりにぎっていて、それを、するりとスカートのポケットの中に入れてしまったのです。

だって、あやちゃんのおはじき、あんまりきれいで、あんまりめずらしかったから……。

ガラスの中に星の入ったおはじきなんて、一体、どこのお店で売っているでしょう……。

あの朝、学校であやちゃんが、赤い布の袋から、たくさんのおはじきをざらざらっと机の上に出した時、女の子はみんな、あやちゃんの机のまわりに集まりました。そして、口々に、きれい、きれい、さわらせて、と言いながら、おはじきをつまんだり、てのひらにのせたりしていたのです。私も、まねをして、おはじきにさわろうとしたら、あやちゃんはいきなり、

「さわらないで！」

と言いました。それから、顔をしかめて、とてもいやそうに、

「あなたがさわると、よごれるわ」

と言いました。私は、心の中が、すうっと青くなるような気がしました。それから、指先が、凍ってゆくような気がしました。お友達は、みんな黙っていました。それから何人かが、ひそひそ話をして、あたりがなんだか、いやあな感じになった時、かねが鳴ったので、みんな席につきました。

その次の国語の時間は、先生の声が、ぜんぜん耳に入りませんでした。給食も、おいしくありませんでした。お友達は、

楽しそうにさわいでいたけれど、私は、さばくの中に、たったひとりで座っているような気がしました。昼休みに、図書室に本を返しに行って、もどってみたら、教室には誰もいませんでした。私も校庭へ出ようと思った時、ふと、あやちゃんの机の上に置き忘れられた赤い袋を見つけたのです。思わず私はかけよって、その袋を手にとってみました。それから、そっとあけて、中をのぞくと、そこはもう、銀色の星でいっぱい！

私は、ふーっと、夢をみているような気持になって、星を三つとりだして、ポケットに入れてしまったのです。それから、校庭へ出ようかと思ったけれど、クラスの人たちに会うのがいやで、また図書室へ行って、かねが鳴るまで本を見ていました。

赤い袋の中から、おはじきが三つなくなったことに、あやちゃんは、ぜんぜん気づいていないようでした。私は、学校にいるあいだ、時々ポケットに手を入れて、おはじきの冷たいまるい感じをたしかめていました。そうして、とうとう、そのまま家に帰ってしまったのです。

私の家は、学校の裏にあります。川のほとりの小さな古い家です。私はそこに、おばあちゃんと、たったふたりでくらしています。

お父さんと、お母さんは？

どうしていないの？

ものごころついてから今まで、私は、いやになるほどこの質問を受けてきました。

「お父さんは、働きに行ってるの。お母さんは、私が小さい時に、死んだの」

私は、すらすらと、そう答えることに慣れていました。でも、おばあちゃんは、目が悪いので、私が小さい時、私の服装をきちんとしてくれることができませんでした。それで私は、よごれた服を着たり、くしゃくしゃの髪をしたりして、学校へ行ったのです。その時のお友達の悪口が、今も続いています。私は今、大きくなって、自分の身のまわりのことは、きちんとしているつもりなのに、お友達はまだ、きたない、きたないと言うのです。

でも私は、そんな悪口には負けないでいたいと思います。何を言われたって平気で、口笛吹いて、いつも明るく生きている……そんな女の子でいたいと思っているのです。でも、本当のところ、それは、ずいぶんむずかしいことです。

私の家の窓から、大きな柳の木が見えます。長くたれ下がった柳の枝は、風が吹くと、ゆらゆらゆれて、ふと、女の人の姿のように見えます。雨の日に、女の人は、泣いているように見えます。のどかな春の朝、女の人は、笑っているように見えます。そんな木の姿を見ながら、おばあちゃんはよく、

「柳はいいねえ、さわやかで」

と言います。おばあちゃんは、『柳に風』という言葉が大好きです。

「それ、どういう意味？」

と、いつか私がたずねたら、おばあちゃんはにっこり笑って、

「人の言うことを、いちいち気にしないってことだよ」

と言いました。そして私が、学校で悪口言われても、近所のおばさんたちが、私の家のことで、変なことを言っても、『柳に風』で生きてゆくことが一番いいのだと言います。でもそれは、やっぱり、ずいぶんむずかしいことです。私は、うちの窓から柳の木を見るたびに、

「やなぎさん、あなたは、えらいのねえ」

と言います。どんなに強い風が吹いても、ちっともさからわないで、風といっしょにゆれて、それでいて、いつもしっかりと立っているからです。

柳の木の上に、一番星が出る時が、私は一番好きです。暮れ残りの夕空が、まだほんのりと赤くて、そこにぽつりと光る星は、まるで、私だけのものみたいに見えるのです。私だけに、またたいている星、私だけに、ささやきかけている星……。でも、きょうはその星があと三つ、私のポケットの中に沈んでいるのです。

星のおはじき

星のおはじき……

私は、あのおはじきを、そっと取り出して、机の上にのせました。おはじきの中の星は、青くすきとおっていました。そして、私の大好きな一番星と同じ感じに光っていました。私は、その星を、長いことながめてからあしたそっと、あやちゃんの机の中に返しておこうと思いました。


ところが、いったん黙ってもちだした物を、元の所に返すのって、むずかしいものです。私は、毎日、ポケットの中に、ガラスのおはじきをしのばせて学校へ行きましたけれど、とうとう返すことができませんでした。


(おはじきの三つぐらい、もらっちゃえばいい)

私の心のどこかで、そうささやく声がありました。でも、そのあとすぐに、

(おはじき三つだって、どろぼうだ)

という声が追いかけてきました。すると私は、苦しくてならなくなりました。

この星のおはじきのことを知っているのは、私と、それから、窓の外の柳の木だけです。

「やなぎさん、やなぎさん」

私は、そっと、柳の木に呼びかけてみました。

「このおはじき、どうしたらいいかしら」

するると、柳の木は、若葉でおおわれた長い枝を、さらさらとゆすりました。そして、『柳に風』みたいに、やさしくおおらかに笑いました。心配しなくていいと言っているようでした。

「やなぎさん、やなぎさん、これずっと、もっていていいかしら」

星のおはじきを高くかざして、私は、もう一度呼びかけました。

するると、この時、私の耳に、柳の声が聞こえてきたのです。

「私が、預ってあげる」と。

「ええ？」

私は、びっくりして、柳の木を見上げました。それから、家をとび出して、柳の木のそばまで、かけて行ったのです。

私がそばへ行くと、柳の木は本当に笑いました。風もないのに、ころころと笑って、

気にしなくていい
気にしなくていい
もう忘れてしまいなさい

私が預ってあげるから
おはじき三つと、あなたの心
　　私が預ってあげるから

と、きれいなソプラノで歌いました。それはまるで、お母さんの声のように思われました。

「ほんと？」

思わず私は、柳の木にかけよって、その大きな幹を、両手で抱きました。幹にそっと、耳をつけてみました。すると、木の中から、本当に本当に、ソプラノの声が聞こえてきたのです。

「私が、預ってあげるから」と。

「どこに……どこに預かってくれるの……」

私は、おはじきを、てのひらにのせて、木を見上げました。木は小さい声で、まるで、ないしょ話をするように、

「私の根もとに埋めなさい」

と言いました。

私は、小さなシャベルを持って来て、しゃがんで柳の木の下に穴をほりました。深い深い穴をほって、そこにおはじきを三つ埋めました。それは、小さい時にひとりでした、金魚のお葬式や、小鳥のお葬式ににていました。

川の音が、やさしく響いていました。

それから、少しずつ、私は、おはじきのことを忘れてゆきました。

柳の木って、ふしぎです。

ほんとうに、おおらかな、お母

さんみたいです。木のお母さんは、私の心の中の黒いしみを、そっとふきとってくれました。

それから私は、前よりすこし明るい子になって、何ヵ月か過ぎました。


秋になりました。

小さな川が、音高く流れ、キンモクセイのかおりが、あたり一面にただよう頃、私は、柳の木の下に、小さな花が咲いているのを見つけました。それはちょうど、私が、おはじきを埋めたあたりでした。しゃがんでよくよくながめると、星のかたちをした青い花が、二輪。そして、三輪めの、小さなつぼみは、ふくらみかけていました。

私は、はっとしました。いつか埋めたおはじきから芽が出て、花が咲いたと、本当にもう、そうとしか思えなかったからです。

「やなぎさん、やなぎさん、これ、おはじきの花かしら」

柳の木に耳をつけて、私はそっとたずねました。すると、やっぱり、柳の木の中から、ソプラノの笑い声が聞こえました。木は、長い髪の毛をゆすって、うなずいて、そうです、そうですと言っているようでした。

あとがき

海風の吹きわたる函館という街で安房直子さんとわたしは少女時代を過ごした。安房さんとわたしはおなじ年齢でともに十三歳の中学生のときだ。ふたりはお互いの存在も知らずに、おなじ土地でおなじ風に吹かれ、おなじ海をみていたのだった。安房さんが亡くなられる前年に新宿のカフェの片隅でこのことを伺ってほんとうに驚いた。安房さんはカモメみたいに澄んだ声でおっしゃった。

「あの海の色はいつもわたしのなかにあります」と。

これ以来この言葉は、わたしのもっとも深いところでいつも点滅することになる。わたしのなかにも常に函館の海の色が広がっていた。

偶然にしては出来すぎてはいないだろうか。このふたりの少女たちは二十年後に、函館ではなく東京でいっしょに仕事をすることになるのだから。

やなせたかしさんに「詩とメルヘン」誌上で出会わせていただいた。以来ずっと見守っていただくことになるのだけれど、やなせさんもこのことはご存知なかったはずだ。

十七編もの物語を安房さんは発表されてわたしが絵を描かしていただいた。この仕事でお互いの存在を、きっちりと胸に刻んだのだとおもう。あの海の色とともに。一九七四年春から一九八六年冬までの約十年間の仕事である。

「ほたる」から「星のおはじき」までを描きながらわたしがどれほど幸せだったかを誰も知らないとおもう。「詩とメルヘン」への執筆を安房さんもこころから楽しんでいらしたことを後から知った。

当時この連載を担当してくれていたのは名編集者の井上富雄さんである。二十年ぶりに再会したおり、井上さんは穏やかな表情できっぱりと言われた。

「この本を出版することは自分の使命であると長いあいだおもってきました」

と。

そんなに長いあいだそのことをおもいつづけてこられた情熱と誠実にわたしは打たれ絶句した。

「ようやく出版できる時期がきたようです」

この言葉を聞いて、ジグソーパズルの最後の一ピースがはめ込まれた瞬間みたいに、胸に沈んでつかえていたものがすっと透明になっていくのをかんじた。

昔の絵はすっかりセピア色になりシミが出始めていてがっかりしてしまったけれど、あの当時のおもいをとどめた絵が再びひかりを浴びることのうれしさは、なににもかえがたいとおもった。修正や彩色やトリミングをほどこしても見られる絵は少なく、全体の三分の一にも満たなかった。新たに描き起こしたほうが多くなった。

まじかに安房さんの視線と気配をかんじながら、あのときとおなじ気持ちになって描けたことがなによりうれしかった。永遠に描き続けていたいとおもうほどだった。

Ｋ美術館の越沼正さんには「秋の風鈴」と「青い貝」のなかから一点ずつ。

小平範男さん玲子さんご夫妻には「夢の果て」のなかから二点をお借りいたしました。

このかたがたは誰も文句のつけようもないほどの古くからの安房さんのファンです。とりわけ小平範男さんは熱心なかたでしたが昨年、惜しくも若くして他界してしまいました。絵はどれも綺麗なままで、こんなに大切にしてもらえて絵もうれしかったにちがいありません。ありがとうございます。

長いあいだ願いつづけ、夢を形にしてくださった瑞雲舎の井上富雄さんには感謝の気持ちでいっぱいです。

安房さんの作品たちは、こぶしの花影のいぶし銀のようにひかりを放っていて読者の心をしんとしたひかりで満たすとおもいます。

どうかわたしの絵が、そのひかりを曇らせたりしませんようにと祈るばかりです。

２００５年　秋のはじめに

味戸ケイコ

編集後記

今から三十年以上前に月刊誌『詩とメルヘン』の編集を担当していたことがあります。その当時の大変思い出深い安房直子さんと味戸ケイコさんの名コンビの作品群を、今回自らの手で出版できることになりました。この喜びは、何事にも代えられません。

当時、安房さんのご自宅に原稿をいただきに行き、お話をお聞きしたりしたことは本当に楽しい思い出で、きっとまたいつかご一緒にお仕事が出来る日が来ることを楽しみにしておりました。

ですから平成五年に安房さんの訃報を聞いたときの驚きと、もうお会いすることが出来なくなった無念さは言葉に出来ないほどでした。

味戸さんには、町田から奥多摩に移られてからも、電車を乗り継いで大自然の中のアトリエに何度も絵をいただきにかよいました。そしてかねてより暖めていた今回の企画を、二十年振りにお会いしてお話ししたところ、こころよく応諾いただき、新たにたくさんの絵を、この本のために描いてくださいました。

こうして、かつて『詩とメルヘン』に掲載された安房さんの十七の物語を、味戸さんの素晴らしい装画でまとめることが出来たのです。本当にありがたく感謝しております。

最後になりますが、読者の皆様には、このような思いがこもった本をお読みいただいたことに深く感謝いたします。

平成十七年冬　　　瑞雲舎代表　井上富雄

月刊『詩とメルヘン』掲載初出一覧

『ほたる』…………………………1974年3月

『夢の果て』………………………1974年6月

『声の森』…………………………1974年9月

『秋の風鈴』………………………1974年12月

『カーネーションの声』………1976年7月

『ひぐれのひまわり』…………1976年9月

『青い貝』…………………………1976年11月

『天窓のある家』………………1977年3月

『奥さまの耳飾り』……………1977年1月

『誰にも見えないベランダ』…1977年5月

『木の葉の魚』……………………1977年11月

『花の家』…………………………1977年12月

『ある雪の夜のはなし』………1978年6月

『小鳥とばら』……………………1979年5月

『ふしぎな文房具屋』…………1982年12月

『月の光』…………………………1984年7月

『星のおはじき』………………1987年1月

安房直子（あわ　なおこ）
東京都出身。日本女子大学国文学科卒業後、同人誌「海賊」に作品を発表、作家活動をはじめる。『北風のわすれたハンカチ』でサンケイ児童出版文化賞推薦図書、『風と木の歌』で小学館文学賞を受賞。月刊『詩とメルヘン』に短編を発表。『遠い野ばらの村』で野間児童文芸賞受賞。平成五年肺炎のため永眠。

味戸ケイコ（あじと　けいこ）
函館市出身。多摩美術大学卒業後イラストレーターとなる。『あのこがみえる』でボローニャ国際児童図書展グラフィック賞受賞。『花豆が煮えるまで』で赤い鳥さし絵賞受賞。ほかにサンリオ美術賞を受賞するなど国内外で高い評価を受ける。
絵本に『わたしのいもうと』、新作の『月夜の誕生日』などがある。

安房直子 十七の物語
夢の果て
平成十七年十二月十日初版第一刷発行
令和　三　年　六　月一日　　第三刷発行
文　安房直子
絵　味戸ケイコ
発行者　井上富雄
発行所　株式会社 瑞雲舎
〒一〇八-〇〇七四
東京都港区高輪二-十七-十二-三〇二
電話03-5449-0653　FAX03-5449-1301
http://www.zuiunsya.com
印刷・製本　株式会社 精興社